箱庭図書館

乙　一

集英社文庫

箱庭図書館

乙一

O t s u i c h i

目次

小説家のつくり方

1

知りあいの編集者によると、文章を書くとき、慎重な性格の人のほうが句読点を頻繁《ひんぱん》にうち、大胆な性格の人はあまり句読点をうたない、というのだが、本当だろうか。そういえば、【僕ははじめる】といった文章を書いたとき、【は】という文字がつづいてしまうのだけど、読点をうって、ふたつにわけるべきかといまだにまよう。そのようなことをかんがえたのは、読者から質問がとどいたからだ。

「自分も小説を書いているのですが、どのようなタイミングで句読点をうてばいいのかわかりません。ところで先生は、いつ、どのようなきっかけで小説を書きはじめたのですか？」

これまで取材もすべてことわっていたし、前の二冊の本には、あとがきがついていなかった。今回、私は、自分のことを語る機会をはじめて得たのである。せっかくなので、手紙で質問を受けたことだし、私が小説を書くようになった経緯《いきさつ》について書いてみようとおもう。

小学五年生の、ある秋の日だった。私はひとり、教室の自分の席で、学級日誌とむきあっていた。夕日が窓からさしこんで、黒板や、ならんでいる机を、黄色くかがやかせていた。運動場のほうからはしゃぐ声が聞こえて、外をながめると、細長くのびた影をつれて男子がかけまわっていた。

昼休みや放課後に、大勢の友人たちとあそぶのがたのしみだった。その日もはやいところあそびに出かけたかったのだけれど、私は日直で、一日の終わりに学級日誌を書いて先生にわたさなくてはいけなかった。ところが、いつまでも書き終わらない。日誌の項目に【感想】という欄があり、そこを埋める文章がおもいうかばなかった。今にしておもえば、ほかのみんなとおなじように「つかれた」とか「たのしかった」とか、ありふれたコメントをのこしておくだけでよかったのに。鉛筆をもったまましばらくかんがえ、ついに私は、あきらめた。しかし白紙のまま提出していいものだろうか。そのとき頭にひらめきがあった。当時、国語の授業で「物語をつくってみよう」という課題があった。授業時間の間、想像のままに自由な作文をする、というものだ。本の感想文や日記は書くのが苦痛なのに、自由奔放に物語をつくるとき、なぜか心がおどった。【感想】の欄に物語の断片を書いてみた。白紙のままよりも、その方が、いくらかマシだとかんがえたのだ。今にしておもえば、よく怒られなかったものである。頭の固い先生だったら、ふざけているとおもわれただろう。しかし担任のH先生はちがった。職員室に行き、H先生に日誌をおわたししたところ、目の前で私の文章を読まれて「つづきは？」とおっしゃったのである。

「それだけしか書けませんでした」

【感想】の欄は長い文章を書くにはちいさすぎた。H先生は、すこしおかんがえになると、机から新品のノートをとりだして私にくださった。

「つづきを書きたくなったら、それをつかいなさい」

私が物語を書くことにたのしみを感じていると、H先生は見抜いていらっしゃったのだろう。「つづきを書いたら、先生にも読ませてほしい」とさえおっしゃった。

その日以降、私はノートに物語を書いて、H先生に読んでもらうようになった。執筆にかけては今よりも当時のほうが勤勉だったとおもう。そのころ、一日に自分が何文字くらい書けるのかを計ってみたところ、四百字詰め原稿用紙なら平均三枚だった。三日おきにノートを先生に提出していたから、つまり原稿用紙九枚分の文章を、毎回、H先生は読んでくださっていたことになる。

物語の内容は、はずかしくて、とても説明する気にはなれないが、友人や家族が実名で登場するSFだったと記憶している。同級生たちには内緒だったので、だれにも見つからないよう注意して、ノートを職員室にもって行くのがたいへんだった。ノートのことは、私とH先生のふたりだけのひみつだったのである。H先生というのは口下手《くちべた》な方で、物語の感想をおっしゃったことがほとんどなかったのだが、それが逆によかった。かわりに赤いペンで、文章の最後に、読んだ日付を記入してくださった。その赤い文字を見ると、自分には読者がいるのだ、自分の発する言葉を聞いてくれる何者かがいるのだ、といううれしさがこみあげた。

冬休みを経《へ》て三学期になっても、物語を書く習慣はつづいた。ノートのページ数がのこりすくなくなると節約のために文字をちいさくして書いた。裏表紙にちかづくにつれて文字の隙間《すきま》は密になる。しかし学年があがってH先生が担任をはずれることになったとき、私はあわてて物語を、うやむやのうちにおわらせた。まだ物語をうまく収斂《しゅうれん》させる技術がなかったので、みっともないラストになった。最終回を読んだときH先生はめずらしく感想をおっしゃった。

「最後がいまいちだなあ」

私は当時、H先生という読者のために言葉を書きつづった。自分の好きなように書くのではなく、客観的な視点を意識して書くということ。その経験があったから、自分は今、本を出せているのかもしれない。

現在、私はひそかに期待していることがある。それは、このあとがきを読んで、私とおなじようにノートに物語を書きはじめて、先生に読んでもらおうとする子が一人くらいはいるのではないか、ということだ。

2

バタン、と、いきおいよく玄関ドアの閉まる音がする。

僕は、読んでいた本から顔をあげた。

「ただいまー！」

潮音《しおね》の声が聞こえて、階段をあがってくる騒々しい気配がする。壁の時計を見て、もう夕方なのかとおどろく。仮病をつかって学校を休むと、どうしてこんなにも一日がはやくすぎてしまうのか。僕の部屋の出入り口は開きっぱなしになっていたので、廊下をとおりすぎて隣の部屋にかけこんでいく潮音の姿がちらりと見えた。高校の制服姿で、片手に鞄《かばん》、もう片方の手に文庫本をしっかりとにぎって、ページの間に人差し指をはさんで栞《しおり》のかわりにしていた。

姉の潮音は活字中毒の高校生で、いつどのようなときも本を読んでいなくては気がすまない人である。棚に入りきらない本が潮音の部屋の床に積みあげられており、それらのせいで足のふみ場もない。僕の背丈まで積まれた本たちは、映画で見かけるようなニューヨークのビル群を想像させた。

姉の本好きはちょっと異常で、高校からバスで帰ってくる最中、車内で読書していたら、どうしても本のつづきが気になって、バスから降りられなくなってしまうほどだった。そのようなときは両親が終着の停留所まで車でむかえに行かなくてはならない。理性がはたらいてバスから降りることができたとしても、読書をがまんできずに、とうとう帰宅をあきらめることさえあった。

ある冬の日のことだ。夕飯の時間になっても帰ってこない姉を心配して母が持たせた携帯電話に連絡を入れた。電話はつながらなかった。姉が携帯電話の電源を切っているらしいのだ。母は直感をはたらかせ、「たっちゃん、バスの停留所を見てきて。しぃちゃん、そこにいるかもしれない」と僕に言った。

外は猛烈な冷え込みで、気が進まなかったけれど、僕はコタツを抜け出し、白い息をはきながら、バスの停留所へむかった。すでにあたりは暗くなって、冬の透きとおるような夜空にオリオン座がかがやいていた。

潮音は、バスの停留所のベンチにすわっていた。両膝《りょうひざ》をそろえて、背筋をぴんとのばし、膝の上に単行本をひらいて読書をしていたのである。ちょうどベンチの真上に街灯があり、暗闇のなか、姉のすわった一角だけ光に切り取られていた。

「電話は？」と、僕はちかづいて聞いた。潮音は、本から顔をあげずに、人差し指をたてて、自分の口の前にもっていった。細くひらいた唇のあいだから、白い息がもれた。

おしずかに、という意味だろうか。

あきれていると雪がちらついてきた。白い粒は、街灯の光のなかに、はいってきたときだけ、目に見えた。潮音のすらっとしたうすい肩の上に雪がのった。本をめくっている手の甲にものった。それらの雪はいつまでも溶けなかった。つまりそれだけ潮音の体が冷え切っているということだ。やばい、このままでは凍え死んでしまう、と僕はあせった。

「鳴ったのはわかったけどさ、本がいいところだったから、電源、切っちゃったんだ」

潮音は後に、電話が通じなかった理由を説明した。僕が呼びにきたから、章のかわるところでしぶしぶ読書をやめたのであり、もしも僕が呼びにこなかったら、あの場所で最後まで読破しようとして、うっかり凍死していたかもしれない。本を閉じて、ベンチから立とうとした潮音は、そのときはじめて寒さに気づいて、急にカチカチと歯を鳴らしていた。

そのような姉が最近、バスの停留所から家までの距離を、あるきながら読書しているという噂《うわさ》がある。さきほど、帰宅した直後の潮音の人差し指が、本の間にはさまっていたのを見て、事実だと確信した。

潮音が隣の部屋にかけこんだ後、ふたたび自分の読書にもどった。勉強机の上にひらいてある本は、小学校の図書室から借りたものである。姉の影響で、僕も本を読むようになった。昼休みに同級生が運動場でサッカーをしているときも、ひとりで図書室に行き、潮音の推薦する本をさがして読んでいた。その時間、僕とおなじように、集団からはぐれたような子たちが距離をおいてすわっていた。図書室に本を返却するため、明日は登校しなくてはいけない。そうかんがえると、ため息が出てくる。

読書を再開して数分後、潮音の部屋から騒々しい音と、「きゃあ！」という悲鳴が聞こえてきた。僕はたちあがって、廊下から姉の部屋をのぞいた。ほこりが舞っているなかに、ごちゃっと山盛りになっている本が見えた。どうやらニューヨークのビル群が雪崩《なだれ》をおこしてしまったらしい。本の山から、制服のスカートと二本の足がつきでていた。足首をつかんでひっぱりだしてやると、潮音は、読みかけの本だけは手放しておらず、ふう、と息をはきだした。

「たっちゃん、たすかったよ、ありがとう」

足下《あしもと》の本をよけて、座れるくらいの場所を確保すると、そこに体育座りをして、何事もなかったみたいに潮音は読書にもどった。本の山にうもれるという、おもしろいことをやっておきながら、反応があまりにもうすいのが気になったけど、僕は自室にもどった。

章がかわったり、一冊を読み終わったときでないと、潮音は読書を中断して夕飯におりてこない。両親はもうあきらめて、そのような娘の態度をうけいれている。その日、潮音が読んでいたのは短編集だったらしく、きりのいいところでなんとか正気にもどり、夕飯の時刻にダイニングへあらわれた。

「なんか、気づいたら、私の部屋、本がちらかってるんだけど」

おかずを食べながら潮音がものすごいことを言ったので、僕はおどろいて、さきほどの出来事を話してやった。姉はどうやら、読書に夢中で、自分の身に起きたことをわすれていたらしい。父母は潮音に、本を売るか、すてるか、どちらかにしなさいと言った。本がおおすぎるから、そんなことになるのだと。僕も、それがいいとおもった。でなければ、ちかいうちに、本の重みで部屋の床がぬけてしまうだろう。

「というわけで、あんたの部屋に、すこし置かせてよ」

本の詰まった段ボール箱を、ほそい腕で吊《つ》るようにかかえて、潮音が僕の部屋をおとずれたのは、夕飯の後、しばらくたってからのことだ。潮音はお風呂上がりで髪の毛がぬれていた。

「すてろよ」

「いやだよ」

「なんで僕の部屋に？」

「だってほら、たっちゃんの部屋、本棚に空きがあるでしょう」

返事を待たずに潮音は本をならべはじめた。

「読み返したくなったとき、取りにくるから。それまでは読んでてもいいよ」

なんという自分勝手な姉。これは怒ってもいいんじゃないかな。声をはりあげて、さからってみようかな。しかし、僕がまよっているうちに、潮音は本をならべおわってしまった。

机に置いてある僕の教科書を見つけて、興味深そうに手に取る。

「小学生の教科書って、カラフルでいいなあ」

算数の教科書をめくりながら、そんなことを言う。潮音の行動は読みにくい。それに僕は油断していた。はやいところ部屋を出て行ってくれないかな、などとおもいながら、姉の持ってきた本をながめていた。だから机の上のノートに姉が目をとめたときも僕は反応がおくれたのである。

それはもっと厳重に保管し、家族に見つからないようにしておかなくてはいけないものだった。潮音は腕をのばして、そのノートをつかむ。制止する間もなく、ぱらぱらとめくりはじめる。もちろん、あわてて取り返した。それは明日、先生に見せなくてはいけないノートだった。潮音は、すこしおどろいたような顔をして僕を見つめた。書いてあるものを見られてしまったようだ。

3

H先生がくださったノートは、今も大事に保管している。ひさしぶりにひっぱりだして、ながめながらこのあとがきを書いている。色あせた表紙と、鉛筆でつづられている文字を見ると、なつかしくてたまらない。赤いペンで書いてある数字もはっきりとのこっている。先生が目を通してくださった日付だ。最終回のページまで等間隔にならんでおり、私と先生とのつながりをおもいださせてくれる。

私が現在、作家になり、本を出版しているという噂が、H先生の耳にもとどいているかもしれない。もしも、このあとがきを読まれたら、H先生、ご一報ください。

2011年　某月某日　著者・山里《やまざと》秀太《しゅうた》

4

「これ、たっちゃんの部屋に置いてもらっていいかな。いつもごめんね」

姉の潮音が、段ボール箱をかかえて、部屋に入ってきた。寝る直前のラフなパジャマ姿である。箱には自分の部屋に入りきらない本がつめこんであった。あいかわらず、僕の返事を待たないで、本棚の空いている場所にならべはじめる。先日、増設した本棚も、すでに姉の本でいっぱいだ。僕は携帯ゲーム機をいじってあそんでいる最中だったので、姉の行動を放っておいた。本の整理がおわったら、すぐに出ていくだろう。しかし、姉はなかなか本棚の前からうごかなかった。ふと見ると、姉は立ったまま読書しており、どうやら整理の途中でむかしに読んだ本を手にとってながめはじめたところ、つづきを読まずにはおれなくなったらしい。

「ちょっと！」

と声をかけると、潮音は、はっとした表情で正気にもどり、箱のなかの本を棚にならべはじめるのだが、すこし油断をすると、またいつのまにか別の本を立ち読みしている。そういうことがくりかえされ、長い時間かかって潮音は本をならべおわった。

時計を見ると深夜零時をすぎていた。冬の夜はしずかで、僕のあそんでいる携帯ゲーム機の音楽が室内にひびいている。

「読みたかったら、勝手に読んでいいからね」

潮音は空の箱をもって部屋を出て行こうとする。しかし、机の上に置いてある本を見て、たちどまる。山里秀太の新刊本だ。

「いい装丁だよねえ。紙の厚さと質感が、またいいんだ」

潮音はその本を手にとり、重さをたしかめるように、軽く上下させながら、うっとりとながめる。

「それ、もう読んだ？」

僕はゲームの電源を切って質問した。

「うん」

潮音はうなずく。

「あとがきも？」

「もちろん」

「どうだった？」

その新刊本のあとがきには、著者と、小学生時代の担任教師との交流が書かれてある。潮音がそれを読んで、どのような感想を抱《いだ》いたのか、聞いてみたかった。潮音は僕の顔をちらりと見て、また、本を見つめる。

「小説本編の感想ならともかく、あとがきの感想をもとめるって、めずらしいね」

「そういえば、そうだ」

潮音はすこしほほえんで、それから真剣な表情になる。

「でも、このあとがき、ちょっと、ひっかかる……」

潮音は本をめくり、あとがきのページをひらいて沈黙した。ゲームを消すと、室内はよけいしずかになり、エアコンが暖気をはきだす音が大きく聞こえる。

「この著者、嘘《うそ》をついてる」

潮音が慎重に声を出す。反応をうかがうように、大きな黒い瞳《ひとみ》を僕にむけた。

「嘘？　どのあたり？」

「この著者は、ノートにすこしずつ物語を書き足して、先生に提出したわけだよね」

「うん」

「先生は提出されたノートに目を通して、書き足された文章の最後に、毎回、赤いペンで日付を記入していたわけだ。【ノートには最後のページまで等間隔に赤いペンで日付が入っている】というようなことが書いてある」

「そうだね」

「等間隔、というのはつまり、日付と日付の間に、三日分の文章量があるってことだよね」

「ノートは三日おきに提出されたらしいからね」

四百字詰め原稿用紙で九枚分の文章量、つまり三千六百文字の間隔をあけて赤いペンで日付が入っていることになる。

「だけど、そうなっているはずがない。これは、ありえないことだ」

「なんで？」

「著者はこんなことも書いている。【ノートのページ数がのこりすくなくなると節約のために文字をちいさくして書いた。裏表紙にちかづくにつれて文字の隙間は密になる】。これが本当ならH先生の書いた日付は、等間隔に記入されているはずがない。裏表紙にちかづくにつれて、日付の記入されている距離はせばまっているはず。書き足される文字の量が毎回おなじなら、そうなるよね？」

「著者が、かんちがいしたのかな」

「このくらいのこと、編集者や校正のスタッフが気づくはず。それでも修正されずにのこっているということは、著者が意図的に、この矛盾点をのこしたのだとおもう」

「なんで？」

「だれかに気づいてもらうためかな。矛盾に気づいた人にだけ、見える真実があるのかも」

「真実？」

「たとえば、私の想像だけど、先生が書いてくれた日付なんて、存在しないんじゃないかな。つまり、このあとがきの大部分は嘘で、先生との交流なんて、本当はなかった。矛盾をあえてのこしたのは、それを示す手がかりなのかもしれない。でも、どうしてこんなあとがきを書いたのか、それは著者の山里秀太に聞いてみないとわからないよ。ねえ、なんでなの、たっちゃん？」

潮音は問いかけるように僕を見る。姉はあいかわらず僕のことをたっちゃんと呼ぶのだ。山里秀太は僕の本名だ。【しゅうちゃん】ではなく、【たっちゃん】と呼ばれている。姉が【しぃちゃん】と呼ばれているから、はっきりと区別するために、【しゅうた】の【た】の字で呼び名をつくったらしい。

5

H先生からの手紙が編集部に届いたのは新刊本の発売直後のことだった。その他の読者からの手紙にまじって、出版社から我が家に転送されてきた。あとがきを読んで、当時のことを後悔しているという内容だった。

手紙を読んだ翌日、姉の潮音に呼び出されて近所の川原にむかった。その日は一日中、灰色の雲が空をおおって冷たい風がふいていた。枯れ草のしげっている土手をおりたところに潮音がいた。ブロックの塊《かたまり》にこしかけて本を読んでいる。姉が通勤につかっている自転車は、そばにたてかけられていた。ページをめくる指が寒さで赤くなっているのだけど、本人はどうせなんともおもっていないのだろう。すくなくとも読書中は。声をかけると、人差し指をたてて、唇の間から白い息を出す。章がかわる瞬間でないと読書を中断してくれないのはあいかわらずだ。

潮音は高校卒業以降、文善寺町《ぶんぜんじちょう》にある市立図書館につとめている。嫁のもらい手がなくて両親はずっと困っていたけれど、最近ようやく、男の人の存在がちらつくようになって家族はほっとしていた。一刻もはやく結婚して、蔵書をその人の部屋に持っていってもらいたいものだ。

姉が本を閉じるまでの間、僕はiPadを取り出して読みかけの本に目を通した。僕のiPadには、本を断裁してドキュメントスキャナーで読み込んだデータが数十冊分入っている。潮音の所有している本もデータ化してくれたら僕の部屋はすっきりするだろう。しかし姉はかたくなにそれを拒否した。

iPadやKindleの発売ですこし前から電子書籍の販売が盛んになった。出版社の人にお会いするとかならずその話題になり、過去に出版した本を電子書籍として配信してもかまいませんかという内容の契約書が家にとどく場合もある。僕が次に出版する予定の本は、紙の本と電子書籍の同時発売だそうだ。世間には紙の本でないと受け付けない、という潮音のような人間が大勢いる。編集者にも多い。しかし自分は液晶ディスプレイでの読書で満足だ。今の時代、作家は小説執筆の大半をディスプレイとむきあってすごしている。ディスプレイのなかで小説は生まれているのだ。自分の小説を紙で読むのは最後の最後、本当に短い時間でしかない。だから自分は編集者よりも紙の本への執着がすくないのかもしれない。

読書に飽きてiPadでメールをチェックしていたら、ようやく潮音が本を閉じてくれた。章の区切り目まで読んだらしい。姉の読んでいる本が、もしも章の区切り目がないタイプの小説だったら、僕たちは凍死していたかもしれない。

「ごめんね、呼びだして。あの子、元気だった？」

潮音は使い捨てカイロで指をあたためる。あの子というのは、僕の友人のことである。高校時代にしりあった、たったひとりの話し相手だ。

「あいかわらずだったよ」

「本の感想、言ってもらえた？」

「まだ読んでないんじゃないかな。それにどうせ、ひどいこと言われるに決まってる」

「たしかに。ところで、例のもの、もってきた？」

僕は鞄からノートを取りだした。

小学五年生のときにつかっていたノートである。

「よし」

潮音は手を差しだした。

「これを、わたせと？」

「そうだよ」

ノートを見られることに抵抗があった。しかし潮音には、十三年も前にこれを読まれているのだ。僕は姉の手にノートをのせる。

「ねえ、どうして、小説、書いてるの？　私は書こうなんていう気には、ならないけどな。本を読むのは人並みに好きだけど」

「人並み？　自覚がたりないとおもうんだよ、姉さんは」

潮音はノートを地面に置いて、コートのポケットからライターを取りだす。姉にタバコを吸う習慣はないので、コンビニかどこかで買ってきたのだろう。どうやら新品のようだった。寒さで指がうごかないのと、なれていないのとで、潮音はライターの点火にてこずった。潮音は口もとに手をあてて、息で指をあたためる。

「さっきの質問だけど。どうして、小説、書いてるの？」

再度、点火をこころみる。

「いろんな理由があるよ。なりゆきだったり、友人に読ませるためだったり。でも、一番の原動力になってるのは復讐心《ふくしゅうしん》かな……」

音をたてて炎が生じる。

潮音はライターの火をノートの角にちかづけて、ちらりと僕を見る。

「とめないの？　やっちゃうよ？」

「いいよ。そうすべきだとおもってた」

僕が小説を書いている理由。そのモチベーションの所在。それは小学生時代の先生や同級生を見返すためだ。偉くなって、金をかせいで、いつの日か、彼らを見下すのだ。後悔の念を全員に抱かせる。もっとあいつと、なかよくしておけばよかった、友だちでいればよかった、そうおもわせるのだ。だからこそ、本名で執筆している。僕の名前を書店や雑誌で目にするたびに、彼らは、自分のしたことをおもいだす。ざまあみろだ。

「たっちゃんは、器のちいさい男だなあ」

「まったくだね」

ライターにあぶられたノートの角がこげはじめて、ついにちいさな火が紙に燃えうつる。そのノートは、モチベーションそのものだ。あとがきに書いたことは、ほとんど嘘だったけど、先生に見せたのは事実である。そして僕は、自分の言葉や声が、相手にとどかないときのくやしさを学んだ。先生はノートをつきかえした。これはおまえのねつ造したストーリーだろ、とH先生は言った。自分の受けもっているクラスでこういうことがおこなわれているのだということを、しんじたくなかったのかもしれない。ノートには【死ね!】という文字が無数に書いてある。クラスの男子と女子の全員が一人ずつ書いたメッセージだ。しかしH先生によると、ノートに書いてあることは、すべて僕のねつ造したストーリーで、わざわざこれを読ませようとするなんてどうかしている、とのことだった。

ノートの表紙を、はうように、橙色《だいだいいろ》にかがやきながら炎がおおう。冬の空は、暮れるのがはやく、くもり空であるのも関係して、すでにうす暗い。だからよけいに炎はまぶしくて、僕や潮音の顔をそめる。僕たちは、せっかくなので、その火で両手をあたためた。

「たっちゃんの小説、おもしろいよ。感動もする」

潮音は炎を見つめている。黒い瞳に光がてりかえしている。

「活字中毒の人にそう言われると、ほっとする」

「どうやったら、ああいうの、書けるの？」

「読者を想定するんだ。あとがきに書いた、H先生みたいなのを」

「頭のなかに読者がいるの？」

「読者が住みついている。学校ぎらいの少年が」

その子は、先生や同級生がきらいで、なにもかもいやになっている子で。自分の話をだれも聞いてくれず、自分の言葉をだれもしんじてくれず、そうして、どこにも居場所がないように感じている。なにか文章を書くと、頭のなかでその少年に読んでもらって反応をたしかめている。せめて、その子をうらぎるようなものだけは書かないようにしようとおもっていた。

「その子は、あのころの、たっちゃんだね？」

ページが熱でめくれながら一枚ずつ燃えている。僕はすこしだけ泣きそうになる。川原に風がふいて、火の粉がとんだ。光点が虚空《こくう》にむかってまいあがり、冷えると、白い灰になって今度はおちてくる。それが雪のように見えた。

コンビニ日和！

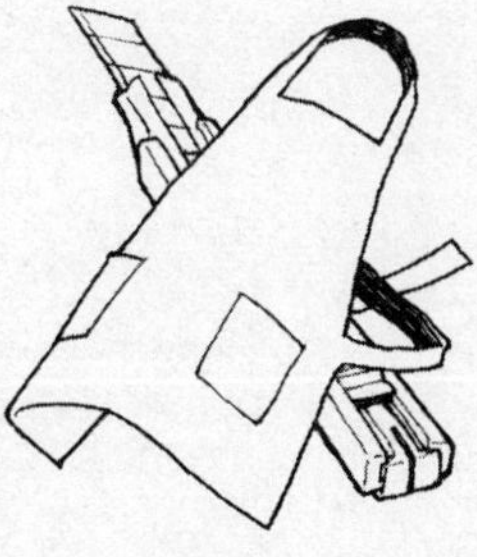

1

今、僕のいるコンビニは、セブン-イレブンでもなければ、ファミリーマートでもなく、ミニストップでもない。コンビニというよりも、昔は酒屋だった店に、雑貨なども置いてみて、看板もコンビニ風にしてみました、という印象である。ATMやコピー機も設置されておらず、客はほとんどこない。こぎれいな大手チェーン系のコンビニが徒歩数分の場所にあり、僕が客なら絶対にそちらへ行く。蛍光灯のひとつがきれかけて明滅していた。壁もくすんだような色合いで、ながくいると陰鬱《いんうつ》になってくる。おまけに防犯意識も低い。監視カメラもなく、店の天井に凸面鏡が設置されているのみ。そういえば道路側の面はガラス張りではなくただの壁である。一般的にコンビニの道路側の面がガラス張りで雑誌の棚になっているのは防犯上の理由もある。雑誌の立ち読みをする人が道路側に立ってくれるおかげで、店内には客がいるというアピールを外に対しておこなうことができる。これが意外と防犯につながるらしいのだ。また、通行人を店に入りやすい心理状態にもさせるという。そういったことがこの店ではすこしも考慮されていないというわけだ。

僕はコンビニの従業員のエプロンを着てレジの前に立っている。カウンターをはさんで、ふとったおばさんがいた。僕は買い物かごのなかから、商品を一個ずつ取り出して、バーコードを読み取っている。このレジもずいぶん古いタイプで、以前は白かったであろう外面も、だいぶ黄ばんでいる。なかなかバーコードを読み取ってくれずに苦戦していると、おばさんがいらついたように舌打ちした。

「はやくしてよ」

「はあ、すみません」

僕はここで何をしているのだろう。自分のしていることが不毛におもえる瞬間がある。かといって、家にいたとしても、特別にやりたいことなんてないのである。熱中できるような趣味もないし、話し相手もいないのだ。

店内のBGMは、棚に置いてあるちいさなラジオだ。アンテナをたててFMラジオをながしている。僕はおばさんにあやまったついでに腕時計をチェックする。時刻は午後十時の三分前。もうすぐ閉店の時間だ。このコンビニの最大の特徴。それは二十四時間営業ではないということ。朝の七時に開店し、夜の十時に閉店する。外にある、どどめ色の看板にも、そう表示されている。ちなみに僕が着ているエプロンも、どどめ色である。どどめ色というのが、どういう色なのか、うまく形容できないが、小学生のとき図工で絵を描いていて絵筆を洗っていた水がきたなくなったときの感じ、それが、どどめ色である。なぜ店長がその色を店のイメージカラーにしたのかはわからない。

すべての商品のバーコードを読み取り、レジに金額が表示される。おばさんが財布からお金を出す。

レジカウンターの裏にある扉が開いて島中さんがあらわれた。扉のむこうはバイトの休憩室になっており、さらにその奥に事務室がある。島中さんは僕のとなりで商品をレジ袋につめこみはじめた。

島中ちより。彼女は僕よりもひとつ年下の二十歳《はたち》で、学校もおなじで、バイト先もおなじである。長い髪の毛を後ろにむすんで、きりっとした顔立ちだ。実は最近、バイト先の先輩（僕ではない）からお金をかりていて返済にこまっている。

「ありがとうございましたあ」

よく通る声で島中さんが言った。出入り口は外側にひらく観音開きだ。レジ袋をさげたおばさんが扉を押すと、夏の熱気が店内にただよってくる。入り口の上部にある誘蛾灯《ゆうがとう》の青い光に、羽虫がひきよせられて、ぱちっ、とはぜる音が聞こえた。おばさんの背中が、蒸し暑い暗闇のむこうへ消えていく。さて閉店だ、とおもっていたら、いれちがいに別の客があらわれた。

男が店内に入ってくる。背の高い男性だ。Tシャツにジーンズ。鞄《かばん》は持っておらず手ぶらである。体型はやせ型。無精髭《ぶしょうひげ》がのびている。売れないバンドのギターを十数年間つづけてきました、今は無職です、という感じの風貌《ふうぼう》だ。

「閉店ですよって、言ってきてくださいよ先輩。おいかえしてきてください」

島中さんが僕にだけ聞こえるように言った。

「え、やだよ」

男は店の奥にぶらぶらとあるいていく。

「これじゃあ、いつまでたっても帰れないじゃないですか」

島中さんは口をとがらせ、やれやれと首をふり、レジカウンターの裏側のいろいろな場所を布巾《ふきん》で掃除する。カウンターの裏には、宅配便の伝票や、タバコの箱が置いてある。バイトがつかっているどどめ色のエプロンが丸められて段ボール箱につっこんであった。管理が適当なのである。

閉店時間をすぎても一向に男は帰らない。店内をぐるぐるとあるきまわっている。商品をさがしているのだろうか。そうは見えない。一瞬、自分の姿が彼にかさなる。大学に入って一人暮らしをはじめて、意味もなく近所のコンビニに出かけて、買いたい物がないことに気づく。そんなとき、結局、何も買わずに店を出る。そういうことが、僕には、よくある。

あと一分もしたら、僕の横で、島中さんが舌打ちするにちがいない。彼女には短気なところがある。何かを購入して帰る気配がない男にいらだちをつのらせて、眉間《みけん》にちいさなたてじわをよせるのではないか。

そっと確認すると、しかし彼女は意外にも平静だった。拭《ふ》き掃除の手をとめて、観察するように男を見ている。彼女は小声で言った。

「おかしくないですか？」

「なにが？」

「ちらちらと、こちらに視線をむけてくるんです。声をかけるべきかどうか、迷っているような。それから、だれかが店にやってこないかどうか、気にしているようにも見えるし……」

文房具の棚のあたりで彼は立ち止まっている。レジカウンターから文房具の棚は、カップ麺《めん》の棚をはさんでむこうがわにある。棚が遮蔽物《しゃへいぶつ》となって男の全身が見えない。棚の上端にならんでいるカップ麺ごしに、顔の鼻から上だけがちらちらと見える。目をせわしなくあたりにただよわせて落ち着きがない。今まで気づかなかったけれど、様子がおかしいと言われれば、たしかにその通りだ。

「強盗だったりして」と島中さん。

「まさか。本当だったら大変だよ。大変すぎるよ」

「先輩、【大変】というのはもともと【大】がついているので【すぎる】という言葉はつかわないとおもいます」

「たぶん商品をさがしてるだけだよ」

「先輩聞いてきてください、あなた強盗ですかって」

「ほんとうに強盗だったらどうするんだ」

「でも、凶器らしいもの、もってなかったですよ」

たしかに男は手ぶらだった。

「何の商品をさがしてるんですかって、たずねてみるんですよ。それで、もしも小型の拳銃《けんじゅう》とか、映画みたいに足首につけてたら、そのときは、そのときで、やられてきちゃってください」

島中さんが僕の背中をおす。

「ちょ、ちょ、まっ」

彼女の顔は、にっこりとしていた。はやいところ男に買い物をさせて、店を閉めて、家に帰りたいという思考がつたわってくる。

「し、死んだらどうするんだよ！」

強盗だという、万が一の可能性を否定できない。その可能性はとても低いだろうけど。

「大丈夫です。先輩が逝《い》っちゃっても私、困らないし。ていうかむしろ死んでほしいし」

彼女の言動は、いつも、こうなのだ。理不尽きわまりない。

背中をおされて、レジカウンターの裏から、一歩、ふみだしてしまった。男が棚をはさんだむこうがわから、僕を見て、びくっとなる。髪をととのえて髭をそって挙動不審をやめればそれなりに恰好良《かっこうよ》さそうな人だけど、やはりどこか様子がおかしい。店内にはあいかわらずFMラジオがながれている。僕は一度、島中さんをふりかえる。彼女はこぶしをにぎって僕に見せる。ガッツだ、先輩。という心の声が聞こえる。

僕は棚の角をまがって、男にちかづきながら、おそるおそる質問した。

「あの、何か、おさがしの商品でも？」

「あ、はい……、ええと……」

男は、棚を見まわしながら、ぎこちなくうなずいた。

「その、なんというか……、これ、……ですか？」

小声だったのでところどころ聞き取れなかった。

「え、なんです？」

僕は、ちかづいて彼の声を聞き取ろうとする。男の全身が視界に入った。文房具の陳列されている面をむいて立っている。ペンシルやボールペン、定規などがぶらさがっており、男はそれらを見つめている。

「これ、……ですか？」と男。

まだ聞こえない。唇をうごかさずに出しているような、ぼそぼそとした声である。首をのばして、耳を彼の口元にちかづけた。そのときようやく気づいた。男の足下《あしもと》にゴミがちらかっている。透明なフィルムと破れた紙。商品の包装をはがしたゴミだ。さきほどまで手ぶらだった男の手に、大型のカッターナイフがにぎられていた。商品としてさっきまで棚にぶらさがっていたものである。

「これ、つかって、いいですかって、聞いたんだよ」

声を聞き取ろうと、のばした僕の首に、冷たいカッターナイフの刃があてられた。

2

僕はここで何をしているのだろう？

何のために、コンビニにいるんだっけ？

この男は、いったい何をしているんだ？

カッターの刃は、喉仏《のどぼとけ》の下あたりに、そっとおしあてられている。もうすこし力がこめられたら、皮膚がぷつんと裂けてしまうだろう。僕が体を硬直させていると、男は、僕の左腕をつかんで、犯人をつかまえる刑事のように、後ろにひねろうとする。しかし男はそういうことになれていない様子で、さらに右手はカッターナイフを持っているから片手でひねらなくてはならず、なかなか手こずっていた。

「どうだ、痛いか？」と男。

「いえ、あまり」と僕。

「今度はどうだ？」

「あ、痛いです。痛くなりました。もううごけません」

男は僕の背後に立ち、右手でカッターナイフを喉にあて、左手で僕の左腕を背中のほうにひねって固定しているという、いわゆるこれは人質をとった強盗の定番スタイルではないか。

「レジを開けろ」

立ちすくんでいる島中さんにむかって男が言った。サブウーファーから発せられるような低音域の声が首の後ろから聞こえる。声と手がかすかにふるえていた。そのせいでカッターの刃が、喉のやわらかい皮膚に、あたったり、はなれたりをくりかえす。さらにその状態で、男がぐいぐいと、レジカウンターのほうにむかってあるくものだから、僕も男のうごきに追従《ついじゅう》しなくてはいけなかった。顔をこわばらせている島中さんと目があった。かんがえていることはおなじ。何という不運。

「レジを開けろ」

再度、低音域の声。

「あ、あの……」

島中さんがおそるおそる口をひらく。

「レジ！」

男の一喝《いっかつ》。爆竹がはぜるように、声が店内に反響する。島中さんが声におどろいて後ずさる。背後の棚に置いてあった小型のラジオに背中をぶつけた。ラジオが床に落下して沈黙する。BGMがわりだったラジオが消えてしまうと、店内がしずまりかえった。耳が痛くなるようなしずけさ。レジカウンターをはさんで三人の息づかい。僕の心臓は、疾走する馬の足音みたいに鳴っている。

「おちついてください」

島中さんが、ゆっくりと、言い聞かせるように言った。きりっとした彼女の目は、僕の背後にある男の顔へとむけられている。

「言うことを聞かないと、こいつを殺す」と男。

「それはまあ、いいとして、私の話を聞いてください」と島中さん。

それはまあ、いい、で片付けられた、僕の命。

「今から、レジを、開けます。でも……」

「いいから、開けろ」

島中さんが、僕をちらりと見て、レジを操作する。チーン、という音をたててレジがひらいた。その中身は、レジカウンターの反対側からはよく見えない。

「おかしなまねをするな。さがってろ」

島中さんがレジから遠ざかる。彼女の動向に注意しながら、男は首をのばしてレジをのぞきこむ。数秒の沈黙。いらついたような男の声。

「どういうことだ?」

「ここは、そういう店なんです。つまり、はやってないんです」

レジのなかにはお金がほとんど入っていないのだ。紙幣というものが見あたらない。さきほどのおばさんの支払った小銭が、わずかにころがっているだけだ。

「すこしくらい、あるだろ。よくさがせ」

僕の左腕をねじっている腕に力がこもる。いてて、と僕はうめく。しかし僕のことをいたわってくれる人は店内のどこにもいないのである。

「さがしても、ないものは、ないです」

島中さんは、ちいさな肩をいからせて言った。

「こいつを殺すぞ!」と男。

「殺すなら、殺せばいいじゃないですか。そんなゴミ虫、生きてても、どうせ資源の無駄なんですから。ネットでゲームの実況動画を見るしか、たのしみのない男なんですから」

「ほんとうに殺すからな！」

「どうぞ、スパッと、いっちゃってください。どうせ、夢もなく、熱中できるものもなく、ただ漠然と生きているだけで、食って寝てのくりかえしの人生なんです。社会に対して何の影響ももたらさない。まさに害虫。ウジ虫。ここで終わらせたほうが、彼のためです」

「わかった、もういい」と男。

「そうだ、もういい」と僕。

この窮地を生きのびたとしても、僕はこの心の傷をかかえて、どうやって暮らしていけばいいのか。

僕の背後で男が舌打ちした。

「店の奥に金庫があるはずだ」

レジカウンターの裏に休憩室へつづく扉があり、さらに奥の事務室に金庫があった。そこに店の売り上げが一時的に保管される。しかし島中さんは主張した。

「金庫なんてもの、この店にはありません。売り上げなんて、たかがしれてるから。それに、奥の部屋は改装中で、使用不可だもん」

強気にそう言うと、奥へつづく扉をひっぱってみせた。びくともしない。

「ほら、鍵《かぎ》かかってるし！」

島中さんの呼吸もあらい。彼女は演技をした。奥の部屋は改装中でもなければ、扉には鍵もかかっていない。強盗を奥の部屋に行かせてはいけない、という意志が彼女にあるのだ。

「それに、もしも金庫があったとしても、私たちバイトが、かんたんに開けられるとおもいますか？　そういうの、店長じゃないと、開けられないんじゃないですか？　店長は、明日にならないと来ませんよ、たぶん。体調が悪いって、連絡ありましたから。だから、強盗さん、何もせずに帰るべきです」

男はうめいて、僕を連れたまま、後ずさりした。僕の体はレジカウンターの方にむけられていたので、背後のことがよくわからなかったが、棚にやつあたりの蹴《け》りをいれるような音と衝撃がつたわってきた。ガムの箱が落ちて、足下にちらばった。

監視カメラがなく、防犯設備が貧弱なことをリサーチして、この強盗は、この店に来たのだろう。しかしざんねんながら、ここには価値のあるものなんてないのである。レジにはお金がない。そして金庫のなかにも。

「通報しないから、帰っていただけませんか」

島中さんは落ちていたラジオをおそるおそるひろいあげて、背後の棚にもどしながら言った。

「先輩を人質につれて行ってかまいませんから」

島中さんが僕を指さす。

「通報したらこいつを殺すぞ、とか言って私をおどしていいですよ」

「そうしたら、通報しないか？」

「約束します」

「でも、こいつは、そのあとどうなる」

「てきとうなところで解放するとか、口封じにどこかの湾にしずめるとか」

思案するように男が沈黙する。なにか、こう、一人の若者の生命が軽んじられているような気がして、ガツンと説教してやろうとおもい、僕は口をひらいた。

「ええと……」

「おまえはだまってろ」

「先輩はだまっててください」

「あ、はい」

僕はだまっていることにした。

壁に時計がかかっている。閉店時間の十時をとっくにすぎていた。秒針が音をたてながら移動する。長針が痙攣《けいれん》するようにひとつすすむ。

「だめだ。何も盗《と》らずに帰るわけにはいかない」

低音域の男の声。

「でも、お金はほんとうにないんです。あ、そうだ、店の商品なら、持ってってください。それで手をうちましょう」と島中さん。

そのような提案で強盗が納得してくれるだろうか。僕は緊張して返事を待った。意外にも男は、手ぶらで帰るよりはましだとかんがえたようだ。

「……わかった、いいだろう」

舌打ちして、自嘲《じちょう》するように言った。

「こんなときまでも、俺は、しけってやがる」

島中さんがラジオの電源をパチンと入れた。店内にＢＧＭがもどる。ジャズを選曲して流す番組だ。

男が島中さんに指示をだして、コンビニ店内の商品を、次々と買い物かごにいれさせた。あいかわらず僕は人質にされた状態である。男はいくらかおちついた様子で、激昂《げっこう》する様子もなければ、棚を蹴飛ばすこともなかった。

「強盗さん、カップ麺は、どれをもってきますか？」

「強盗さん、菓子パンは？　おすすめはローズネットクッキーですよ？」

「強盗さん、文房具、カッターナイフのほかに、ほしいのはありますか？」

島中さんが買い物かごをもって、ちゃきちゃきと棚の間をうごきまわる。後ろでむすんだ彼女の髪が、右に行ったり、左に行ったりするのを、目で追いかけた。

店内奥の冷蔵庫を背にして強盗と僕は立っていた。壁に取り付けられた鏡のなかに、喉にカッターの刃をあてられて青ざめている自分の顔と、その背後にある無精髭の男の顔が見えた。年齢は二十代後半くらいだろうか。最初に彼が店に入ってきたとき、売れないバンドの人みたいだとおもったが、その見解はかわらなかった。ずっと音楽をやってきたが、いつのまにかバンドの仲間たちは就職し、結婚して家族ができ、ついに自分一人になり、今は孤独をかみしめているかのような、そういう顔だった。

「うまい棒を全部だ」

島中さんがお菓子の棚の前に移動したとき男が言った。棚にあったうまい棒をすべて、買い物かごにいれさせる。店にあったのは、めんたい味、コーンポタージュ味、たこ焼味、の三種類だ。

「うまい棒、好きなんですか？」と島中さん。

「まあな……」と男。

「うまい棒って、値段が十円ですよね昔から」

「原材料費が変動しても値段は変わらない」

「長さを微妙に変えて調節してるんですよね」

男がため息をついた。はきだした呼吸が首の後ろにあたる。鏡にうつる彼の表情をのぞいた。視線は床のほうにむけられていたが、何を見ているのかわからない。気が抜けたみたいに、カッターの刃が、喉の皮膚から数センチほどはなれていた。どうしたのだろうか。僕と島中さんは視線を交わす。男はそれを察して、とりつくろうように言った。

「子どものころ、うまい棒を万引きしたことがある。友だちと五人くらいで。全員が逃げて、俺だけがつかまった。俺は助けをよんだが、だれももどってきてくれなかった。店のおやじが、俺の手首をつかんではなさなかった。小学生のときだ。夕焼け空の下、友だちの背中が遠ざかっていくのを俺は見たんだ」

鏡のなかで男は下唇をかんだ。カッターナイフの刃が僕の喉仏の下あたりに、ふたたび、ぴたりとあてられる。皮膚の表面に、冷たく、するどい感触がもどった。

「よし、それくらいでいい」

島中さんのもっている買い物かごは商品が山盛りになっていた。

「袋につめますか？」

「いや、そのままもって行く」

「じゃあ、帰ってくれるんですね」

島中さんがたずねる。

「ああ、俺は行く。おまえらは、念のため、しばっておこうか」

通報されることを警戒しての判断だろう。しばられて床に横たわる程度のことは、血を流すことにくらべたら大歓迎だ。朝までしばられているつもりはないけれど。

そのとき、出入り口のガラス扉の向こうに人影が見えた。その人物は、夏の夜の濃密な暗闇からあらわれて店の前に自転車をとめた。僕の視線に気づいて島中さんと男がそちらをふりかえった。

3

以前は警察官がコンビニを利用する場合、「勤務時間内にサボっている」という住民からの批判をさけるため、制服をぬいで私服の上着を着用するように義務づけられていたらしい。しかし最近では、コンビニ強盗の増加にともない、制服のままコンビニに出入りさせることで防犯の向上に役立てるという活動が各地でなされているという。

男が僕をつれて、あわてて棚の陰にかくれた。急にうごいたので左腕がひねられて痛かったが、それよりも喉がスパッといかなかったことに安堵《あんど》した。

「声を出すな」

地獄の底から聞こえてくるような低音域の声で男が言った。彼は島中さんにむかっても指示を出す。

「何も言うな」

彼女がうなずく。おかしなことを言えば僕を殺すぞという、男の無言の意志が彼女につたわる。

コンビニの扉が開いて、警官が店内に入ってきた。カッターナイフをつきつけたまま、男が出入り口をうかがう。一瞬だけ見えた警官は、おなかが前後左右にふくらんでおり、球体のような体つきだった。夜になっても気温の下がる気配はない。流れでた汗を、制服の袖《そで》でぬぐっていた。

僕と強盗は、出入り口からもっとも遠い棚の背後にはりついて息を殺した。

警官の靴底が床でこすれて、キュッ、キュッ、と音をたてる。靴音は、お菓子の棚の方にちかづいた。そこには島中さんが立っているはずだ。

「こんなにおそくまでやってるの、めずらしいね」

警官の声は少年のような高音域だ。

「はあ、ちょっと、今日は特別で……」と島中さん。

「新人のバイトさんですか？」

「そうです」

「店長は？」

「なんか、今日、寝込んでるみたいです」

強盗のことをだまってくれているということは、彼女のなかに、僕を死なせまいとする感情がすこしはあるのだろう。ありがたいことに。

警官はFMラジオからながれている曲にあわせて鼻歌を口ずさみながらお菓子を物色している。僕と強盗は、体を硬直させたまま、棚のむこうから聞こえてくる鼻歌に耳をすませる。じっとりとしたいやな汗が額にうかび、ながれるけれど、服のこすれる音がつたわってしまいそうで、ぬぐうこともできない。

ふと、鼻歌がとまった。

「……あの、ここで何かありました？」

すこし緊張をはらんだような警官の声が聞こえてくる。

男の手に力がこもり、後ろにひねられた僕の左腕がきしむ。

「え？」と島中さん。

「ケンカでもあったのかなって。ほら、そこ。ガムがちらばってますけど」

男が棚を蹴ったとき、ちらばったガムは、そういえば片付けられていなかった。

「あ、ほんとだ。さっき、棚にぶつかってころんだときの……」

ひとりごとをつぶやくようにしながら、島中さんはお菓子の棚をはなれ、ガムを片付けはじめた。僕と強盗からも見える位置に彼女が移動したので、彼女と目があう。弓道の弓みたいな、ほそくて形のよい眉《まゆ》を、彼女はぴくりとうごかした。強盗があからさまな攻撃的姿勢で、僕の喉につきつけたカッターナイフを、彼女によく見えるようにする。おかしなことを言えば僕を殺す、という意志を念押しする。

「この買い物かごはなんです？　賞味期限切れですか？」と警官。

強盗の戦利品が山盛りになっている買い物かごを、丸っこい指でさしている様子が頭にうかんだ。

「いえ、そういうわけでは」と島中さん。

「じゃあ、ここに入ってるうまい棒、もらっていいかな」

「はい、どうぞ」

警官の靴音が移動する。お菓子の棚から、カップ麺の棚へ。それにあわせて強盗と僕も移動した。できるだけ警官から遠ざかるように。今度はパンのならんでいる棚の前で息をひそめる。

このまま警官が強盗に気づかないで立ち去ってくれたら、強盗は店の商品だけ盗っておとなしく帰ってくれるだろう。さきほどそういう展開になっていた。僕や島中さんにとっては歓迎すべき方向性だ。しかし警官に発見されたら、この強盗は何をするかわからない。反射的に警官を切りつけるかもしれないし、僕の喉をスパッとやってしまうかもしれない。

警官に見つかってはいけない。人質にされているという立場で、この結論は奇妙なことだけど、このまま警官におとなしく帰ってもらうことが、もっとも穏便で被害のない安全な結末なのである。

ああ、こんなことになるとわかっていたら、今日は自分の部屋から出るんじゃなかった。自分の人生をふりかえって、言えることは、ただひとつ。それは、なんの意味もなかった、ということだ。自伝を書いたとしても、三行くらいでおわるだろう。

「ここ、ゴミが落ちてるよ。ほら、なにか、商品のカッターナイフを、この場で開けたようなゴミ」

「あ、ほんとうですね。いったい、どこのバカが散らかしたんでしょう。掃除しておきます」

何気なく壁を見て、心臓が止まりそうになった。警官のふくよかな球体状の体が、壁に設置された鏡にうつりこんでいる。警官のほおは、少年のようにつやつやとしている。こちらからむこうが見えるということは、むこうからもこちらが見えるということだから、警官がちょっとだけ視線を鏡のほうにむけたら僕と強盗の姿が丸見えのはずだ。

右手で強盗の肘《ひじ》をたたいて鏡を指さす。強盗も僕の主張に気づいた。あわててその場でかがんで頭を低くする。僕も彼の動きに追従する。しかしそのとき、強盗の肘が棚にならんでいるランチパックにあたってしまった。ランチパックとは、一九八四年よりヤマザキが発売しているパンのシリーズで、食パンの耳を切り落としてサンドイッチにしたようなおいしいやつである。手頃な価格と量、豊富な種類や味付けの良さから、サラリーマンやＯＬのランチとして、あるいは食べ盛りの中高生のおやつとして人気が高い。

そのランチパック、種類はツナマヨネーズだったのだが、それが強盗の肘にあたって床に落ちてしまったのである。そんなに大きな音はしなかったが、警官のいぶかるような声が棚のむこうから聞こえた。

「ん？」

僕と強盗は息をのむ。キュッ、キュッ、と警官の足音が棚をまわりこんでちかづいてくる。僕の視界のかたすみで、カッターナイフをにぎりしめている男の右手がふるえていた。喉を切られるのがこわくてこれまではできなかったが、首をひねって、強盗の顔をふりかえった。彼の目は血走っている。彼は、警官がおなかをゆらしながらあらわれるであろう棚の角を凝視している。床が血で汚れることを僕は覚悟した。それが僕の血なのか、警官の血なのかは、まだわからない。

そのとき、ガムを片付けていた島中さんが立ち上がり大声をあげた。

「あああ！」

キュッ、と警官が立ち止まる。棚の角のむこうがわに、その丸いおなかの、ヘソのある頂点部分がかすかに見えていた。しかし顔はまだ棚にかくれている。かすかにのぞいているおなかの丸みが、地球が自転するように回転をはじめる。警官が方向転換しているのだ。

「どうしました？」

警官が島中さんにたずねる。

「今、黒い虫が、床を走って……。あの、例の、油でぎとぎとした、すばしっこい、いわゆるこの世の悪魔が……」

おそらく演技だろう。僕たちを救うための。島中さんが警官を足止めしてくれたのだ。思い切るなら今だと僕は覚悟した。強盗をふりかえって小声で提案する。

「走りましょう」

右手でレジカウンターを指さす。その裏側に逃げ込んでしまえば、店内を巡回する球体からかくれられるのではないか。

強盗は僕の顔をにらんだままうごかない。喉にあてたカッターナイフもそのまま。ひねった左腕にも力がこめられたまま。しかしチャンスは今しかない。島中さんが引き留めている今のうちだ。しかし彼は、ほんの十数センチはなれた鼻先から、うたがいぶかい目で僕を見ている。僕がなにかをたくらんでいるとおもっているのだろうか。走り出した瞬間、警官に助けをもとめるとおもっているのだろうか。子どものころ、万引きでつかまったときのように、遠ざかっていく背中を見ることになるとでも、おもっているのだろうか。

「しんじてください」

僕は彼にうったえた。なぜその言葉が出たのかわからない。人質にとられている分際で、何を強盗に言っているのか。しかし強盗は、とまどうように一度、瞳《ひとみ》を床にむけたあと、再び僕を見てうなずいた。

強盗が左手を解放する。ひねりあげていては走りにくいと判断したのだろう。僕は左の手首をさする。強盗は、おかしなことをするなよ、と言いたげな目でにらんでくる。カッターナイフも、喉の皮膚からはなれた。ただし、いつでも刺せるように、僕のほうへむけられている。自由にはなったが、乱闘になれば確実に僕は傷を負う。もちろん、刃向かう気はない。

棚のむこうから島中さんの声が聞こえてくる。

「ほら、あそこ、冷蔵庫の下あたり……」

警官に近寄って、冷蔵庫の方を指さしているようだ。ジュースのつまっている冷蔵庫は、レジカウンターとは反対方向である。警官がそちらに注目している今しかない。

僕と強盗はレジカウンターにむかって走りだした。

二秒か、三秒か、その程度の時間だった。壁時計の秒針が、数回、角度を変化させる、それくらいでレジカウンターに到着する。ふりむけば、棚の間に、警官と島中さんの背中が見えただろう。でもそんな余裕はない。

併走して、そのまま同時にジャンプすると、レジカウンターの上をすべるように飛びこえ、むこうがわに着地する。いきおいあまって、カウンター裏に設置してある、タバコのならんだ棚にぶつかる。棚がゆれて、タバコの箱がいくつか落下する。その音は、店内にひびいてしまった。

キュッ、と警官の足音が聞こえる。こちらをふりむいたらしい。レジカウンターの裏で床に手をついて頭を低くしたまま、僕と強盗は目を見合わせる。

「今のは?」

警官の質問。

「ええと……」

さすがの島中さんも、こまって言葉につまっている。

「だれか、いるんですか?」

警官のちかづいてくる気配。靴底と床のこすれあう音が大きくなる。強盗が決心したようにカッターナイフをにぎった。僕には、数秒後におこる光景が見えた。レジカウンターにちかづいて、こちらがわをのぞきこむ警官、その喉もとをよぎるカッターナイフの刃、噴き出す血しぶき。地獄だ。そのとき、どどめ色のものが目に入った。この店の従業員用のエプロンだ。バイトのつかっているエプロンが、レジカウンター下の箱のなかに丸めてつめられていた。僕は咄嗟《とっさ》にそれをつかんで強盗にさしだす。

「あれ?」と言って、警官がレジカウンターのむこうがわから顔をだす。蛍光灯の明かりが彼によってさえぎられ、僕と強盗の上に影がおちる。それは強盗がエプロンをつけた直後のことだった。

4

以前、こういうニュースを聞いたことがある。二〇〇七年に、ウルグアイのスポーツ用品店でおこった出来事だ。武装した数人が、九月四日、首都モンテビデオにある同店の従業員一人を奥の部屋に閉じ込めた上で、別の店員に金と商品を渡すよう要求した。その後、複数の客が来店。強盗らは逃亡するまでの約三十分間、店員になりすまして商品を販売し、その後、外に待たせていたトラックで逃走したという。

この手の事例は、たぶん、さがせばほかにもあるのではないか。アメリカの酒屋で強盗に入った男が、店長を気絶させたあと、来店した客に異変をさとられまいとして接客していたら、次々と客がやってきてしまい、逃げたくても逃げられずに延々とレジうちをする、という監視カメラの映像をテレビ番組で見たこともある。

警官のふくよかな丸顔がレジカウンターのむこうからあらわれて、僕たちのいる場所をのぞきこんだとき、僕は落ちたタバコの箱をひろったり、宅配便の伝票整理をするふりをしていた。強盗は、持っているカッターナイフで、そばにあったビニールひもを適当なながさに切って、「これぐらいでいいか？」などと言って僕に手渡してきた。僕はそのひもで何をすればいいのかわからない。

「なんだ、ほかにもいたんですね、新人のバイトさん」

そうつぶやいた警官にむかって、僕と強盗は、ぎこちなくわらって会釈《えしゃく》をした。

強盗はどどめ色のエプロンをつけて、警官が店内にいる間中、店員のふりをつづけた。警官が夜食をえらんでいる間、僕と彼は、横にならんでじゃがりこの箱をならべたのである。僕のそばからはなれなかったのは、何かおかしな行動を僕がとった場合、エプロンの下でにぎりしめているカッターナイフで、いつでも殺生《せっしょう》できるようにという配慮だったにちがいない。

強盗はコンビニではたらいた経験があるのか、きびきびとうごいた。警官は、何の違和感ももたずに、お菓子やカップ麵を買い物かごへ投入した。島中さんは、どどめ色のエプロンをつけた強盗を見た瞬間、ぶっ、とふきだしたものの、今は冷静に拭き掃除をしている。危機を脱したという安心感があり、僕はおもわず、商品をならべている強盗にむかって、大きな声で言ってしまった。

「強盗さん、そのお菓子、こっちの棚です」

そばをあるいていた警官が、キュッ、と立ち止まり、僕たちをふりかえった。強盗、とよばれた男の顔を怪訝《けげん》そうに見つめる。レジ周辺にいた島中さんの息をのむ気配がつたわってくる。

「きみ……」

警官がちかづいてきて、強盗の前に立つ。

強盗が僕をにらんでいた。エプロンの下でカッターナイフが刃をのばすちきちきちきという音が聞こえてくる。しかし警官はつややかで赤みのあるほおをにっこりとほほえませて言ったのである。

「やっぱり、名札がちがってるよ、ほら」

強盗の着ているどどめ色のエプロンの胸元を警官は指さした。安全ピンでとめられている名札には、森田と油性マーカーで書かれている。

「それ、森田君のエプロンじゃないか、後藤君」

そう言うと警官は僕たちに背中を見せて、買い物かごをもってレジにむかったのである。島中さんがレジを担当し、おつりのお金がレジのなかになかったらしく、こっそりと自分の財布から貨幣をとりだして警官にわたしていた。

警官がレジ袋をさげて、出入り口の扉をぬけた。夏の暗闇の奥へと、丸っこい背中が消えていく。もうもどってこないことを確認し、僕たち三人は、息をはきだした。

たっぷり三十秒ほど、FMラジオのパーソナリティの声だけが店内にひびく。それからおたがいの顔を見て、だれからともなく、クスクスとわらいはじめる。ひとしきりわらって、おもいだしたように強盗が僕にむかってカッターナイフをむけた。

鼻先にあるカッターの刃を見つめる。

「僕を人質にとって、最初からやりなおしですか？」

「ああ、そうだ」

僕は島中さんをふりかえる。彼女はうなずいて、レジカウンターの裏にある扉を開けた。休憩室と事務室につづく扉だ。そこには金庫がある。さきほど鍵のかかっているふりをしたものが、かんたんに開いたことで、強盗は眉間に皺《しわ》をよせる。

「だましてたのか？」

「ちょっと、こみいった事情がありまして……」

僕は恐縮する。

「どうぞ、奥に入ってみるといいです」

島中さんが手招きする。強盗は僕たちをにらみながら、扉をくぐりぬけて奥を見に行く。すぐにもどってきて、首を横にふった。

「おまえたち、何をたくらんでる？」

放送が終了したのでラジオの電源を切る。

店内には時計の秒針のうごく音しか聞こえない。

規則正しい時計の音を聞いていると、だんだんねむたくなってくる。

ほんとうに僕は、なぜここにいるのだろう。生命の危機から解放されたのはよかった。

生きているよろこび。最高だ。でも、不毛な時間をすごしたような気がしてならない。ほんの数分前まで強盗だった男は、今はもうごくふつうの無精髭の男になってレジカウンターによりかかっていた。僕たちが事情を説明すると、もう彼は、声をあらげなかった。

「これ、持って行きますか、後藤さん」

島中さんが、うまい棒のたくさん入っている買い物かごを彼に差し出した。男が金のかわりに手にした戦利品である。

「後藤じゃねえよ」

「もう、後藤でいいじゃないですか」

彼は自嘲気味にわらう。

「やっぱり、そいつは、いらねえよ」

「ほんとうに？」

「ああ」

「じゃあ、ここに来たこと、まったくの無駄でしたね」

「そうだ。空虚だ。なんにもならなかった。もともと、強盗なんてことを、かんがえたのが、まちがいだったんだ」

どことなくほっとしたような様子がにじみでていた。彼がどういう経緯《いきさつ》で強盗などという犯罪にふみきったのか詳細はわからない。ともかく、彼がだれも傷つけなくてよかったし、僕は傷つけられなくてよかった。

「強盗なんて、だめです。ようやくそうさとりましたか」

島中さんは、満足そうにうなずいた。

「強盗なんて、最低ですよ。人間のくずです！　そこにいる先輩の次くらいにゴミ虫です。さあ、準備をして、いっしょにここを出ましょう。先に、行っててください」

男は頭をかきながら、凶器につかっていた商品のカッターナイフをカウンターにおいて、出入り口のガラス扉をぬけた。男の背中が、湿気のおおい夏の闇におおわれて消える。

島中さんは、男のおいたカッターナイフを手にとって、布巾で拭いて、自分の指紋をつけないように、またそっともとにもどした。彼女が布巾でそこら中を掃除していたのは、指紋をのこさないようにという配慮だ。エプロンをぬぐと、自分の鞄をもって彼女も店を出た。

帰る前に、わすれものがないか、休憩室と事務室を確認することにした。レジカウンターの裏の扉を開けてなかに入る。休憩室にわすれものはない。さらにその先にある、事務室への扉のむこうをのぞく。念のため、手で顔をかくした。事務室は暗い。懐中電灯で照らすと、手足をしばられて、猿ぐつわをされている店長が床の上に寝かされていた。懐中電灯の明かりのなかで、まぶしそうにしながら僕のほうを見る。

「あの、もう、帰りますから」

僕は頭をさげた。無抵抗でしばられてくれたおかげで、僕と島中さんは、人を傷つけずにすんだ。明日になれば、だれかにたすけてもらえるだろう。もごもごと、何かを言おうとする店長をのこして事務室の扉を閉めた。店内の電気を消す。暗い無人の店内を、すこしの間、ながめた。

ガラス扉をぬけて外に出ると、黒にぬりつぶしたような夜の闇が充満していた。演劇の舞台の緞帳《どんちょう》がおりているみたいに何も見えない。コンビニのガラス扉の上部にとりつけられた誘蛾灯だけが、ぼんやりと青い光をはなって羽虫をひきよせていた。

「人生はただあるき回る影法師、哀れな役者だ。出場《でば》の時だけ舞台の上で、見栄《みえ》をきったりわめいたり、そしてあとは消えてなくなる」

おなじアパートに住んでいる大学院生が、ときおり口にする言葉である。

僕はそして、緞帳のような闇のなかへはしりだした。

5

冷房のきいている大学の学食に、大勢の学生たちがあつまり、カレーやうどんがのったトレイをはこんでいた。そのなかに、髪を後ろでむすんでいる島中さんの姿があった。彼女はねむそうにしており、いつもきりっとしている目が、半目になって、今にも閉じてしまいそうな様子だった。おなじテーブルでむかいあって昼食をとりながら昨晩の反省会をした。

「なにか、学べることがあるはずだ。それをさがそうよ」と僕。

島中さんは、うーん、とうなった後、首を横にふった。

「ないね」

「なにかひとつくらい」

「いや、ないですね。学べたというか、確認できたのは、やっぱり先輩がヘタレだということくらい」

「レタス？」

「ヘタレ！」

僕の首には、赤い線がいくつものこっていた。血が出ない程度に皮膚が切れている。それを鏡で見たとき僕はぞっとした。自分は昨晩、死んでいたかもしれないのだ。でも生きている。これからは、生きているしあわせをかみしめるように暮らしていこうとおもう。昨晩みたいな不毛なことは、もういやだ。なにか、こう、熱中できる、趣味みたいなものを見つけよう。さらにそれが収入につながって、うまいこと就職せずにすむようになればなおよし。

「先輩、不真面目《ふまじめ》なことをかんがえてますね」

「すごい前向きなことをかんがえてたんだけど」

「お金のことをかんがえてる顔でしたよ」

昨晩、コンビニ店員になりすまして接客をしたのは、彼女が店長にモデルガンをつきつけて金庫を開けさせる間、客に異変をさとらせないためだ。ウルグアイの事件をもとにかんがえた、これが島中さんの計画である。しかし金庫は空っぽで、何もぬすめたものはなかった。さらには店を閉めて逃亡する直前、ほかの強盗がやってくる始末。

「もう、あんなことしない」

島中さんが言った。

「うん。それがいい」

「先輩も、先輩です。ひきとめてくださいよ。なんで手伝ったんですか。先輩がちゃんと、とめてくれないからです。昨日の一件、全部、先輩のせいです」

昨晩の反省をひとしきりやったあと、またいつものように、バイトかったるい、という話をする。僕と島中さんはおなじ学校に通っており、おなじバイト先ではたらいている。ちなみにバイト先は、コンビニではない。

事件は新聞の地方記事にちいさく掲載された。記事によると犯人は三人組となっている。僕と島中さんはわらいをこらえきれなかった。きっとあの強盗も、この記事を読んで、苦笑しているにちがいない。いつのまにか僕たちは共犯で、仲間にさせられたのだから。

夏が終わるころ、例のコンビニに、お詫《わ》びの手紙と菓子折りをおくった。いや、おくったというより、店の前に放置してきた、というのがただしい。それでも店長の心には傷がのこってるんじゃないかと心配していた。しかし秋に入ると、例の店長が以前からパソコンのソフトを違法にコピーして販売していたことが発覚し、警察に逮捕され、コンビニは閉店した。店長もそれなりに悪人だったのだな、とわかると、菓子折りの代金はもったいなかったな、とかんがえた。

あの夜から半年ちかくが経過して、図書館をおとずれる人が、厚手のコートをはおるようになった。マフラーのわすれものがおおくなると、ああ、冬だなあ、などと僕はおもうのだ。返却された本を、僕と島中さんは、手分けして元の書棚にもどした。掲示板に【物語を紡《つむ》ぐ町】と印刷された紙が貼《は》ってある。この町のキャッチコピーだ。

市立図書館ではたらいている人のなかに、潮音《しおね》さんという人がいて、この人は本を読み出すととまらなくなるという変人でもあり、噂《うわさ》では弟さんが小説家をやっているという人なのだが、島中さんは彼女から借りた三万円をいまだに返済していないらしい。潮音さんが島中さんにむかってにっこりとほほえむたびに、島中さんは顔をひきつらせてあいまいにわらいながら目をそらすのである。そういう光景を目にすると、どどめ色のエプロンを着た夜がなつかしくおもいだされる。というのも、借りた三万円を返済するため、立案実行された出来事だったからだ。

二〇一〇年、十二月末のある日。図書館でのバイトが終わり、僕と島中さんは、ラーメン屋でいっしょに夕飯を食べた。それからすこしだけ、駅前をあるくことにする。外はすっかり日が暮れていた。年末だからなのか、行き交う人々はどことなくせわしかった。どの人も白い息をはきながら、寒そうに早足であるいている。髪をむすんでいる島中さんのまるだしの耳が、冷たそうに赤くなっていた。

噂によると大晦日《おおみそか》の深夜から大雪が降るらしい。はたして本当だろうか？　文善寺《ぶんぜんじ》町《ちょう》に住みはじめて数年がたつけれど、雪の積もった景色をまだ見たことがない。

信号が青になると、交差点で信号待ちをしていた人々が、いっせいにあるきだした。僕と島中さんも、人混みにもまれながら横断歩道をわたる。すれちがう人々のなかにスーツ姿の男性がいた。通り過ぎて、すこし進んで、僕たちは同時に立ち止まった。島中さんは気づかないでどんどんさきに行ってしまう。

歩行者用の信号が点滅しはじめたので、僕とスーツの男は、ひとまず交差点をわたりきって、道路をはさんでむきあった。島中さんがもどってきて、僕の視線の先に気づいた。

「何、あの恰好。就職活動？」

彼女が笑みをうかべる。男は髭をそって、髪もさっぱりさせていた。交差点のむこうで、彼はスーツの上着の裾《すそ》を、人差し指と親指でつまんで、僕たちに見せながら、気はずかしそうな表情をうかべた。今、俺、こんなだぜ、おかしいだろ、とでも言いたそうな様子だ。

僕たちも、彼も、望んだものを得ることはできなかった。得られたのは、共犯者という、何の利益にもならない存在だけである。それでも、まあ、いいか、と僕はかんがえる。

ふたたび信号待ちの人が交差点にあつまってきた。僕たちのまわりにも、道路をはさんで反対側にいる男の周囲にも人混みができる。車がよぎって視界がさえぎられているうちに彼の姿を見失った。さがしても見つけることができなくてそれっきりだった。

島中さんはコートにつつまれたちいさな肩をすくめる。

「行きましょう、先輩」

交差点に背中をむけて、僕たちはあるきだした。

青春絶縁体

1

特別棟は時間がとまったみたいにしずかだった。窓から見える木に黄緑色の若々しい葉がつきはじめている。五月中旬の放課後、いつものように僕は文芸部室の扉を開けた。古い本の香りがする。普通の教室の四分の一程度の広さだ。扉と反対側の壁に窓、両側の壁には本棚。棚にはいりきらない本が段ボール箱につめられて足の踏み場もない。ここにある書物は、古いものからあたらしいものまで、時代もジャンルも様々だ。中央に机が四つほどむかいあうように置かれ、そこに女子生徒がすわって本を読んでいた。長い黒髪が顔の横からたれて耳をかくし、肩や机の上にまでひろがっている。うすい銀縁メガネをかけて先輩が読んでいるのは分厚いハードカバーだ。

「こんにちは」

椅子《いす》をひいてすわりながら声をかける。先輩は本から顔をあげ、僕を見て、ため息をつく。

「地球のために何ができるとおもう？」

先輩の持っている本の表紙を見てみると、おどろおどろしい背景に『地球の危機』と印刷されている。

「とりあえず、先輩の場合はどうやって地球に貢献しようかではなく、できるだけ地球に迷惑をかけないようにとかんがえるべきです。今の先輩が地球にできることと言ったら、今すぐ死んで、地球の空気を汚さなくすることぐらいですよ」

「温暖化でおまえの家だけ沈め」

呪詛《じゅそ》のようにつぶやいて、先輩はまた本を読みはじめる。僕もミステリの文庫本を鞄《かばん》から出す。基本的にここでやることは、読書と、時々おもいだしたように今のような会話を交わすことぐらいだ。家に帰って本を読むのと大差ない。ブラスバンド部の練習する音が遠くから聞こえてきた。まどろんでしまいそうな、心地よい曲だった。窓から風が入ってくる。

入部初日、二年生の小山雨季子《こやまうきこ》先輩と部室で対面したとき、舞い上がらなかったと言えば嘘《うそ》になる。先輩はどこからどう見ても顔立ちがととのっていたし、銀縁メガネ越しに見える目はするどくてかっこよかったし、瞳《ひとみ》は湖のように澄んでいた。でも、うかれた気分になったのは一瞬のことだ。

「文芸部って、どんなことをするんですか？」

「とくになにも」

「部員の勧誘とかしないんですか？」

「しない。それより、あんた、どうして文芸部に入ろうとおもったわけ？」

「本を読むのが趣味だったので……」

「ふうん、なるほどね。わかった」

「な、なんですか？」

「どうせ、体育会系の部活に入るのは自信がなくて、文化系の部活に入ることにして、でも、あんたには趣味らしいものがほとんどなくて、消去法で文芸部に決めたんでしょう。つけくわえるなら、部活にはいろうとおもった動機も、友だちをつくろうとか、その程度のことなんでしょう。中学のときには友だちがひとりもいなくて、そういうみっともない自分の人生を変えなくては、なんてことをかんがえてたんでしょう。顔を見ればわかるのよ、そのくらい。あんた、性格が、暗いのよ。死んでよ」

人の心をどこまでも見透かすような、するどい目つきをしていた。文芸部に入ったのは、まちがいだったかもしれんと、その瞬間に後悔した。しかし、僕の口からでてきたのは、次のような返事だった。

「ええ、暗いですよ。それが、どうかしましたか」

そんなことをクラスメイトに言えば、どん引きされていたにちがいない。でも、売り言葉に買い言葉というやつだ。そのとき先輩は、銀縁メガネの奥で、おどろいたようにまばたきして、それからゆかいそうに、目をゆっくりとほそめた。

それから惰性《だせい》で文芸部員をつづけながら、先輩との罵詈雑言《ばりぞうごん》もエスカレートしていった。ところで僕は、同性のクラスメイトと話すときも緊張して声がうわずってしまうような性格だった。これが異性となると、もう顔がトマトみたいに赤くなるのだ。それなのに先輩と言葉を交わすのは、最初の瞬間から、だいじょうぶだった。なぜだろうか？理由は、一ヶ月が経過した今でも、よくわからない。

本を閉じる音がした。ミステリの文庫本から顔をあげると、先輩が退屈そうにほおづえをついて壁の時計を見ている。窓から入る光が、いつのまにか赤みを帯びて、斜めに本棚を照らしている。名前を聞いたこともない作家の古びた全集の背表紙たちが明るくかがやいていた。あくびをかみころしながら先輩がたちあがる。窓辺にちかづいて、すこしの間、外を見ていたかとおもうと、ふりかえって宣言した。

「退屈なので、文芸部としての活動を開始します」

「そうですか」

文庫本に目を落として、つづきを読む。

「そうですか、じゃないよ。部活をやるって言ってんの」

「今、やってますよ」

読みかけの文庫本を見せる。

「僕はてっきり、読書することが文芸部の主な活動内容だとおもってました。というか、入部初日に、とくになにもしないって、言ったじゃないですか」

「馬鹿にしてんの？」

小山雨季子先輩は生ゴミを見るような目で僕を見て、腕を組み、何やらかんがえこむ仕草をする。それから、あ、こりゃ名案だわ、といった感じで手をたたいた。

「そうだ、小説を書きましょう」

それが、いろいろなことの、はじまりだった。

中学のとき、高校生というのはなにか大人におもえて、今とはちがって友だちや彼女もできるのではないかとおもっていたが、実際になってみたらたいしてかわらず、あいさつもかえせずに、あ、生まれてきてすいません、とおもう毎日だった。僕のクラスは、いやそれ嘘だろ、というぐらいフレンドリーな雰囲気で、だけど社交性皆無な僕はみんなが笑顔で話しているなか、一人で席にすわっているのだった。のけ者にされているわけではなく、ただ僕が人見知りをして、いまだに休み時間に話せるような友人がいないためだ。クラスはよい雰囲気なんだけど、そうやって自分が孤立することによってその雰囲気をこわしているみたいでいたたまれなかった。自意識過剰気味なのはわかっている。クラスメイトたちがわらいあっているだけなのに、心のなかに住み着いているブタのように肥えたジイシキさんが「嗤《わら》われているブヒー！」と叫ぶのだった。

中学校では三年間、帰宅部だった。それなのに、なぜ部活に入ったかというと、入学式のときにはまだあった、高校生活への期待のせいだ。高校入学を機会に、自分というものを変えられるのではないかとかんがえたのだ。部活を通じて友人をつくろうとおもったのだ。でも、何の部活に入ればいい？　体育会系はだめだ。僕はもやしの生まれ変わりなのだ。趣味と呼べるものが読書ぐらいしかなかったので、消去法でかんがえた結果、入部届に「文芸部」と記入した。小山雨季子先輩が推測したことはまったくの真実だったのである。

しかし目論見《もくろみ》ははずれた。部活で友人ができていたら、休み時間に教室で一人きりですわっているわけがない。なぜ友人ができなかったのか。それは、文芸部に部員が一名しかいなかったからだ。部活を通じてなかよくなれる部員というものがそもそもほとんどいなかったのだ。それにしても、たった一名で部が存続しているというのはどうもおかしい。一応、顧問の先生というものがいて、たずねてみたところ、うちの高校の文芸部には歴史があり、校長先生も文芸部のＯＢで、かんたんに廃部にはさせられないとのことである。

さきほどまで、ゆったりとした曲を演奏していたブラスバンド部が、今度は景気のいい音楽を練習しはじめる。特別棟の二階にある文芸部室まで、リズムが風にのって聞こえてくる。

「小説なんて無理です。書けるわけがないです。面倒くさいです」

僕は首を横にふって、小山雨季子先輩の提案に反対する。

「部長の命令がきけないのなら、もうこの部室はつかわせない。昼休みにここで弁当を食べることもゆるさないからね」

銀縁メガネのむこうから、するどくてかっこいい目でにらまれた。昼休みに部室をつかえないのは死活問題だ。教室で弁当を食べなくてはいけなくなる。あの、他人が大勢いるなかで、たった一人きりで！

「……わかりました」

大勢が和気藹々《わきあいあい》としているなか、一人きりでいなくてはならない寂しさは、致死量に値する。死ぬよりは、部活にいそしむほうがいい。さっそく先輩はノートとペンシルをとりだした。小説といっても、どうやらノート数ページ程度のみじかい文章でかまわないらしい。それなら気が楽だ。下校しなくてはいけない時間もせまっている。おそくまで校舎にのこっていると教師におこられるため、その前に書き上げなくてはいけない。

執筆直前、先輩がさぐりをいれてきた。

「どんなの書くの？」

「獅子文六のようなユーモア小説を書きたいです。先輩はどんなの書くんですか?」

「私は、そうね、少年がガッツンガッツン犯されまくる話を」

そんなお茶目な先輩も執筆中は無言だった。

夕日が落ちて外が暗くなる。ブラスバンド部の練習の音も聞こえなくなった。蛍光灯をつけると、窓ガラスに反射して室内を映す。部室はペンシルで文字をつづる音だけになる。やがて小説が完成した。

「できた」と先輩。

「そうですか。ゴミ箱ならここにありますよ」

「おまえを捨ててやろうか」

先輩の書いた文章は平易で読みやすく、書きなれた印象さえ受けた。ただ、ストーリーはありがちなもので、サボテンを脳髄《のうずい》につきさした青年が、超絶美人の女性に告白するもふられてしまい「サボテンナイズ!!」と叫んでオゾンホールを破壊しまくるという話だった。少年がガッツンガッツンとか言っていたから、どんなものかとおもっていたが。気になる点といえば、偶然にも、主人公の男の名前が僕といっしょであることくらいだった。

「ゴミですね」

僕はノートからそのページだけをやぶってまるめた。

「あ、何してんの！」

「それはこっちのセリフです。何ですかサボテンナイズって」

「私もこの前、気になってググってみたんだけど、一致する情報は見つかりませんでしたってなった」

「いや、だから……」

「あんたは、どんなの書いたの？」

「僕はちゃんと書きましたよ。文才にびびって、しょうゆを一気飲みしてください」

先輩が、僕のノートをうばいとって、読みはじめる。

「なにこれ」

「『ギャグマンガ日和《びより》』というマンガを参考に書いてみました」

「ふうん」

呼吸するみたいに自然な動作で先輩はそのページをやぶった。

以上が、文芸部における執筆会初日の顚末《てんまつ》だ。

その後、週に一回、執筆会はおこなわれたのだが、似たり寄ったりの展開になった。

僕たちは本気で小説を書いているのではなく、おたがいを馬鹿にしあうコミュニケーションの一環として、珍奇な文章を執筆していたような気がする。ただのごっこあそびであり、ひまつぶしだったのだ。自分たちにまともな小説なんか書けるわけがない、ということなんてわかりきっていた。物語を紡《つむ》ぐことができるのは、ひとにぎりの、才能のある人たちなのだ。僕たちはそれをただ、羨望《せんぼう》のまなざしで見ていることしかできない。

放課後の執筆会がおわるころ、いつも日が暮れていた。僕たちは別々に部室を出て帰路につく。先輩といっしょに帰ったことはない。部室の外で会ったこともない。帰り道に空を見上げると星が出ており、いつも空腹でおなかが鳴った。

部室にいるときだけは緊張もしなかった。

みっともないという気持ちにもならなかった。

けれど教室では自意識が邪魔をして、ほとんどだれとも話をすることができないままだ。友だちをつくりそこねて、六月にもなってしまうと、もうすでに教室内の友だちコミュニティは定着してしまい、僕のような気色悪いナメクジに声をかけてくれる人間は、クラスメイトの鈴木さんくらいしかいなかった。

2

「ねえねえ、次の授業ってさ、なんだっけ？」

二時間目と三時間目にはさまれた、みじかい休憩時間に、鈴木さんの声が聞こえてきた。彼女がまた大勢の女子生徒や男子生徒にかこまれて雑談しているのだろうと最初のうちは聞きながしていたのだけど、彼女のまわりにはだれもいないし、彼女は僕のほうを見ていることから、どうやら自分が話しかけられたのだと気づく。

「え、あ、え？」

想定していなかった事態に、どのような返事をしていいかわからず、おかしな声が出てしまった。鈴木さんは首をかしげてこちらを見ている。一気に体温がはねあがった。

彼女の席は僕のとなりである。声をかけられたのは、はじめてだ。

「さ、んじかんめは、たしか、数学だったとおもうけど……」

しどろもどろに返事をする。

「あー、そうだった、そうだった」

純真無垢《じゅんしんむく》そのものといった笑みをみせて、数学の教科書をとりだし、あとはもう、ぼんやりとした顔つきで椅子にすわっている。鈴木さんは、一度も言葉を交わしたことがない僕にさえ、ためらいなく話しかけることができるような明るい人だった。クラスにもよくなじんでおり、教室のどこからか興味のある会話が聞こえると、「何の話？」と言ってごく自然に人の輪に入っていける。おまけに、かわいらしい容姿なので、ナメクジの僕には鈴木さんがまぶしい。五百ルクスくらいの光源に見える。彼女は当然ながら人気者であり、クラスの中心的人物の一人なのである。

「そういやさ、花ちゃんって、『えっとですね』って連発するよね」

おそろしいことに鈴木さんが、再度、僕に話しかけてきた。手近な話し相手として、たまたま僕がえらばれたらしい。彼女の場合、他人に対して壁というものをつくらないのだ。だから、こんなナメクジにむかっても話しかけてくる。

「は、花ちゃん……？」

「数学の花島先生だよ」

なるほど、みんな、そう呼んでいるのか。クラスメイトと交流がないと、先生のあだ名さえわからない。それより、また話しかけられたことに戦々恐々としている自分がいる。話しかけてもらうことはうれしいのだけど、まともに受け答えできず、相手に嫌なおもいをさせることにならないか不安だ。

「この前、授業中、奈々美といっしょに数えてたんだけどさ、途中でわかんなくなっちゃって。『えっとですね』って、何回くらい、言ってるとおもう？」

脳内にある対人関係マニュアルにも掲載されていない質問だ。どんな返答をすればいいのかわからずに口ごもっていたら、鈴木さんは、そういえば、という表情をする。

「奈々美が言ってたけど、文芸部なんだよね？」

「う、うん」

突然に話題がきりかわって、頭が混乱する。

「文芸部って、何するところなの？」

「小説を、書いたりとか……」

「ほんと？　すごいね！」

教室の扉がひらいて、数学の花島先生が入ってきた。僕たちの会話はそれで打ち切りになる。クラスメイトたちもおしゃべりをやめて自分の席にもどりはじめた。僕は命拾いしたような気持ちになる。鈴木さんとの会話が終わってほっとする男子生徒というのはこのクラスで僕一人だろう。鈴木さんという存在は、個人というよりも、クラスメイトの総体であるような気がして、接していると緊張した。たとえば、彼女が僕に敵対心を抱《いだ》いたとしたら、彼女の背後にいるクラスの全員が僕を敵だと見なすにちがいない。逆に、鈴木さんが僕に好意をもったなら、クラスの全員も僕を受け入れるかもしれない。

花島先生が全員の出席をとり、授業をはじめた。

「えっとですね、前の授業で、出していた宿題を、えっとですね……」

何気なくとなりを見てみたら、鈴木さんが僕にむかって、こっそりと、指を二本おりまげて、いたずらっ子みたいに、わらっていた。

僕はちがう。

彼女を見て、そうおもった。

容姿にもめぐまれて、性格も明るく、だれにでも好かれている。

だからこそ、ためらいなく人に話しかけられる。
他人に壁をつくらないのは、攻め込まれ、被害を受けた歴史がないからではないのか。
僕はちがう。
人の悪意というものをしっている。
そのくせ、青春というものにあこがれをもっていた。
入学当初、友だちをつくって、こんな自分を変えなくてはならないとおもっていた。

六月下旬の放課後。小山雨季子先輩は歯医者に行くとかで部室にあらわれず、僕もまっすぐ帰ることにした。土手沿いの道をあるいていたら、下校する生徒がおいぬいていく。ほとんどが何人かのグループだ。僕のようにひとりで帰っている生徒はいない。自転車に乗った生徒たちも、やはり数人組で、談笑しながら通りすぎる。僕にとって青春というのは、ああいう人たちを象徴するような言葉で、あんな風にただ何気なく友人と言葉を交わすようなことがいわゆる青春だ。だけど自分にとっての帰宅する時間というのは、ただ退屈なだけだ。その日やってしまった些細《ささい》な失敗をくよくよとおもいだしてはおちこむだけだった。はずかしい記憶がくりかえし頭のなかで再生されて、意識して口を閉じておかないと、いつのまにか「もうだめだ」「死にたい」「ああ、もう……」などとつぶやいている自分がいる。駅前などによく、ひとりごとをつぶやいているおじさんがいるけれど、あれはきっと、未来の僕である。

自分の靴先を一点集中して見つめながらあるいていたら、きゅっという音をたてて、すぐ横に自転車がとまった。

「あ、やっぱり」

自転車に乗った鈴木さんが僕の顔をのぞきこんでいた。僕はおどろいて後ずさりをする。下校のとき、やっと学校から解放される、これでビクビクせずにすむぞと、ちょっと気がゆるんでしまうので、話しかけられるといつも以上におどろく。

「学校、あるきで通ってたんだね」

彼女は自転車をおりる。それほど身長が高くない僕と、彼女の背丈はおなじくらいだ。

「あ、うん、まあ」

ほんとうはバスをつかうこともあるのだけど、詳細を説明するようなトーク力はない。それにしても彼女はあいかわらず、親しくない相手にも平気で話しかける。下校中に見かけて声をかけるなんて、どうしたらこんなことができるのだろう。僕だったら、街中《まちなか》でクラスメイトを見かけたら、すぐさまビルの隙間《すきま》にかくれてしまうだろう。

鈴木さんが自転車をおしてあるきはじめる。自転車のタイヤの影が、糸車のように、からからからと回転する。すこしあるいて立ち止まり、僕をふりかえる。

「どうしたの？　帰ろうよ」

うなずいて、彼女のすこし後ろをあるきはじめる。ゆるくカーブしながら、ずっと先までつづいている土手沿いの道は、見晴らしがよく、視界の全体が空みたいな風景である。いつのまにか夕日で橙色《だいだいいろ》になっている空の下を、大勢の生徒たちが、点々とつづく蟻《あり》の行列みたいにあるいている。僕と鈴木さんの影が、長くひきのばされて、土手の斜面に投影されている。鈴木さんの自転車のタイヤの影が回転し、すこしおくれて、緊張してこわばったようなあるきかたの影がついていく。

「なんか、暑いね」

「そ、そうだね」

「雨とか降ったらすこしは涼しくなりそうだよね」

「そそ、そうだね」

「今日の英語の小テスト、むずかしくなかった?」

「そそそ、そうだね」

僕は運動音痴なので、キャッチボールが下手《へた》くそなのだが、それ以上に会話のキャッチボールが下手くそなのだった。相手が投げる、もうどうやったら取りこぼすんだというやさしいボールを、まるでわざとのようにとりそこなう。女の子といっしょに帰るなどという、青春チックな出来事は、僕が当事者になると、どうしてこんなにもダサいのだろう。火花が散って、スパークするような一瞬もなく、電気が走るような、しびれる感じもなく、ただしんみりと時間はすぎてしまった。

「文芸部の活動、がんばってる？　どんな小説、書いてるの？」

「べ、べつに、そんな、小説っていうか……」

「すごいね、小説なんて。ほんとうにすごいよ」

「そ、そうかなあ」

「今度、読ませてよ。だって、おもしろそう」

返答に窮していたら、分かれ道のところで、鈴木さんは自転車にのった。

「私の家、あっちなんだ。じゃあね、バイバイ」

「あ、うん」

土手から下る方向の分かれ道には傾斜があり、彼女は自転車で元気よく坂道を発進した。すぐに建物の間へ入り見えなくなる。あっけないおわかれだった。もしかしたら、彼女につまらないおもいをさせてしまったのではないか。彼女が急に立ち去ったのも、家があっちの方角だというのは嘘で、僕といっしょにいることが居心地わるいとおもったせいかもしれない。いや、かんがえすぎだ。自意識過剰だ。そんな風に想像をふくらませる自分は気持ちわるい。ああ、やっぱり僕はナメクジみたいなやつなんだ。

目の前にひろがっている橙色の空をながめながら、すこしの間、彼女の立ち去った場所にとどまる。長い影をひきずってあるく、大勢の生徒たちが、横を通りすぎていった。

もっと話していたかった。そういう感情が自分のなかにあっておどろいた。教室で話しかけられたとき、会話がおわると、ほっとしていたはずなのに。僕は彼女のことが好きなんだろうか。いや、そうではない。ただ、クラスメイトと友だちになりたかったのだ。

翌日の昼休み。文芸部室にむかっていると、小山雨季子先輩が扉をすこしだけ開けて顔をだし、こちらを見ていたので、「いたんですね」と僕は声をかける。「まあね」。先輩はそう言って、僕がもう目の前まで来ているというのに、不親切にもわざわざ扉を閉めた。「ちょっと、閉めないでください。何でそんなさりげなく嫌がらせができるんですか」「普段からあんたにどうやって嫌なおもいをさせようかとかんがえている賜物《たまもの》よ」「そんなものを賜《たまわ》らないでください」。なんという性悪《しょうわる》なのだろう。明るく、善の心を持っている鈴木さんとは対照的だ。しかし、学校内で唯一、言葉をつっかえずに僕が話をできる相手というのは、鈴木さんではなく、先輩のほうだった。

部室で母のつくった弁当を食べながら、昨日の放課後に鈴木さんと交わしたやりとりをおもいだして何度もため息をつく。先輩が僕の弁当箱のなかから、プチトマトを盗んでいった。ああ、いいですよ、いいですよ、どんどん盗めばいいじゃないですか。僕が怒らないので、先輩はすこし、むっとした顔をする。机のなかをごそごそとひっかきまわして、巨大な虫眼鏡《むしめがね》をとりだし、僕の弁当箱の斜め上にかざした。今日は晴天である。窓から入る陽光が、虫眼鏡のレンズによってあつめられ、ご飯にのった海苔《のり》の上で焦点をむすび、ほどなくしてほそい煙がたちはじめた。

「わー！　やめてください！」

弁当箱をひきよせて、腕のなかにかくまった。ほんのすこし、こげたにおいがする。

「あっためてあげようとしただけなのに」

肩にかかる長い髪をはらって先輩は言った。いたずらっぽい笑みをうかべているが、かつて鈴木さんが先生の口癖を数えていたときのようなかわいらしいものではない。傲《ごう》慢《まん》な女王が反応をたしかめるために奴隷をいたぶっているような冷たい笑みだった。僕は先輩にむかってさけんだ。

「あー、がっかりした！　先輩には、がっかりだー！」

放課後に執筆会がおこなわれた。週に一度の文芸部らしい活動である。むかいあってすわり、ノートに文字をつづった。小説とは名ばかりの、ふざけた文章を書いて、相手に読ませ、ひんしゅくを買うというのが、この活動の流れである。初回で先輩がやったみたいに、主人公に相手の名前をつかって、不幸な目にあわせるという、どこまでも不毛な活動である。たとえば前回、僕が書いたものは、小山雨季子という名前の少女が主人公で、落ちていたあんパンをひろい食いしてしまい、それがきっかけで非業《ひごう》の死をとげるという傑作だ。

自分たちの書いているものが小説として何の価値もないことはわかっていた。内輪ウケをねらった痛い文章でしかない。文芸部というせまい場所でしか通用しない駄文である。書き上がった作品は読まれた後、きまって最後にはやぶりすてられた。「なにするんですか！」と怒ったふりをするのだけど本気ではない。僕と先輩のコミュニケーションのためだけの文章だ。やぶられるための文章だ。小説ごっこをしているだけだという意識がある。本気で書こうなどとはおもわない。

でもその日は、物語をつくってみようとおもった。

「どんな小説、書いてるの？」という鈴木さんの問いかけが、頭のなかにこびりついていた。はずかしくて彼女に読ませることはしないだろうけど、内容をたずねられたときに嘘をつかなくてもいいように、小説らしい小説を書いてみようとおもったのだ。先輩をおちょくるような文章もないし、内輪ウケをねらったエピソードも排除した。自分なりにがんばって物語を展開して、文字をノートにならべる。それは、はじめての経験だった。

いつのまにか外は暗くなっていた。部室のなかだけが、蛍光灯で白々とあかるい。先輩がペンシルをおいて背伸びをしながら言った。

「おわった！」

「またひとつの駄作がこの世に誕生したわけですね」

「何を言ってるの。もしもこれが出版されたら日本の文学界は変わるはずよ」

「僕のほうも書き上がりました」

「悲劇ね。あんたのシャーペンの芯、そんなことのためにすりへらされたなんて」

「悲劇？　先輩こそ何を言ってるんです？　今日は文学史に刻まれるであろう記念すべき日ですよ？」

ジャブ攻撃のような言葉の応酬はいつも通りで、おたがいに、ふふふふ、と笑みをうかべながらノートを交換する。先輩の書いた話は、今回も僕をモデルにした主人公がひどい目にあうという設定だった。あいかわらず文章は読みやすく、僕を滑稽《こっけい》に描写する能力も高い。主人公をこき下ろす語彙《ごい》も豊富だ。先輩は日頃から、僕を馬鹿にする文句をおもいついたら、何かにメモしているのにちがいない。人間の発想の限界に挑戦した、ありとあらゆる描写でもって、主人公、すなわち僕が、おもしろおかしい目にあう。

「人を怒らせる天才ですね！」

そのページをやぶって丸める。それが慣例だったから。

しかし先輩のほうはちがった。僕の書いた文章を読み終わってもページをやぶろうとしなかった。机にノートをおいたまま、銀縁メガネを顔からはずし、メガネふきでレンズをみがきはじめた。先輩は身長もあり、手足も長く、目元がきりっとして、高校生にしては大人びた雰囲気の人だ。その日、メガネをはずして、ふせられた先輩の目は、どこかさびしそうだった。

「クソつまらなかったよ」

先輩はそう言うと放り投げるみたいにノートを僕にもどした。

3

春先にしりあって二ヶ月半が経過した。しかし僕と先輩は部室の外で顔をあわせたことがない。廊下ですれちがうこともなければ、帰宅するときも別々に部室を出て、決していっしょには帰らない。僕はそのことに違和感をいだかなかった。そういうものだろうとおもっていたせいだ。

六月の最終日は朝から雨だった。太陽は雨雲にかくれて空はうす暗く、朝だというのに街灯がついていた。傘をさして登校していたら、水たまりをはねた車に泥水をあびせられ、靴のなかまですっかりぬらしてしまった。

校門前に黄色い雨合羽《あまガッパ》の集団がいた。うちの高校にはあいさつ週間というものがあり、生徒会の人たちが校門の前にたってあいさつをするのだ。彼らは登校してきた生徒に快活な声で「おはようございます!」と言う。あいさつされたほうは「おはようございます！」とかえす。これはもう、この学校における法律みたいなもので、絶対にそうしなくてはいけないのだが、僕は泥水を車にあびせられ、すっかり心が弱くなっていたので、今、あかるいあいさつなどしようものなら、軽く死にたくなってしまうとおもい、裏門からこっそりと校内へ入ることにした。

高校の敷地の裏側へむかう。そこは閑散として、いつもなら人はいないはずだったが、その日、傘をさした人影があった。その人がさきに裏門をぬける。距離をちぢめてしまわないように気をつけながらその人につづく。

傘にかくれて顔は見えなかったが、前方をあるいている人影は女子の制服を着ている。彼女もまた、正門のあいさつがいやで、こちらにまわってきたのだろう。そんなことをかんがえていたら、ぬかるんだ地面で、僕はすべって転びそうになる。

「わっ」

声を出してしまった。前をあるいていた女子生徒がふりかえる。傘のふちからのぞいた顔は小山雨季子先輩だった。

電線から落ちた大きめの水滴が、傘にあたって、ばちばちと、火花をちらすような音をたてた。まるで電気がスパークするような音を。

動揺するみたいに先輩は、僕から視線をはずしてうつむいた。無言のまま雨音だけがしばらく聞こえた。先輩の様子は、いつも部室で見かけるものとちがっていた。肩をすぼめて萎縮《いしゅく》している。まるで教室にいるときの僕みたいだ。しかし、目の前の女子生徒が、先輩によく似た他人というわけでもなさそうだ。長い黒髪に銀縁メガネの見知った顔である。同一人物。やがて先輩が、そろそろとうごきだして、正面玄関のほうにあるきはじめる。ただならぬ緊張感が全身から発散されていた。

ならんでいるのか、そうでないのか、どちらともとれるような距離を維持して僕たちは下駄箱に到着した。傘をたたむ先輩は、はずかしそうに耳まで赤くなっていた。一言も言葉をかわすことなく、先輩は僕に背中をむけて、二年生の教室のほうへ去っていった。

七月に入って今度は図書室前の廊下で小山雨季子先輩と遭遇した。先輩のクラスが移動教室の授業だったらしく、何人かのグループをつくった生徒たちがおしゃべりをしながら通りすぎていった。その最後尾にすこしおくれて、小山雨季子先輩がひとりであるいていた。クラスになじめていない女子生徒という印象で、みんなに声をかけたいけれどどこわくてかけられないというような雰囲気があった。見なかったふりをしてかくれようとおもったが、その前に目があってしまった。

先輩は肩をふるわせ、世界の終わりだとでもいうような表情をした。「……あ、どうも」と僕は頭をさげる。先輩は言葉がうまく出てこないらしく、「え、あ……」と言ってまごまごしていたが、そのうちに顔が真っ赤になってしまい、うつむいて逃げるように走り去ってしまった。外見は大人びているのに、その様子はまるで、ケンカに負けて逃げていく小学生のようだった。

いつも軽口を言いあっている先輩も、僕も、そこにはいなかった。あれは二人きりの文芸部室だけで成立することだったのだ。この数ヶ月間、校舎で先輩とすれちがったことはない。僕はそうおもっていたのだが、もしかしたら先輩のほうが僕に会わないように気をつけてあるいていたのだろうか。それとも、部室とそれ以外の場所では、あまりにも様子がちがっていたから、すれちがっても気づかなかっただけなのかもしれない。

僕たちは、おなじようないびつさをもっていた。教室にいるとき、大勢のなかで萎縮してしまい、話しかけられてもうまく言葉が発せられず、つっかえてしまい、顔が赤くなり、わらわれて涙目になり、自分はどうしてこんなに馬鹿なんだろうかと、自分はどうしてこんなにだめなんだろうかと、すっかり自信をなくしてしまう。でも部室にいるときはちがう。先輩は自信満々で僕を小馬鹿にするし、僕だって先輩にひどいことを言える。教室で友だちを前にしているときには出てこない語彙がすらすらと口から出てくる。

会話のキャッチボールが不得手《ふえて》なくせに、どうして小山雨季子先輩とだけは話ができるのか、理由がわかったような気がする。僕たちは本質的な部分がにていたのだ。忌み嫌い、常々、死んでしまえばいいのにとおもっていた自分のだめなところが先輩のなかにもあったのだ。

しかし、おどろくべきことに、僕たちの関係はそれ以降も変化することがなかった。僕はあいかわらず、昼休みと放課後を部室ですごした。扉を開けると、先輩はいつも先にきて、古本の香りがただよっている中心にすわっていた。長い黒髪を肩や腕や本の上にたらしながら、シダ植物の図鑑や、毒キノコ事典や、ミステリの古典などをながめていた。

「どうも」

声をかけると、先輩は気だるそうに本から顔をあげ、銀縁メガネ越しにするどくてかっこいい目を僕にむけて言うのだ。

「チェスしたいから、そこにおいてある厚紙で駒《こま》をつくっといて」

部室の外で起きたあらゆる出来事は語られなかった。すべてなかったことのように僕はなにも言わなかった。それまで通り、教室にいるときとは異なるキャラクターで接した。性格を偽っているような気もするし、むしろこれが僕たちのほんとうの性格なのだという気もする。どちらにせよ、僕たちのクラスメイトがこの光景を見たらおどろくにちがいない。気色悪いとさえ、おもわれるかもしれない。マンガやゲームやライトノベルのキャラクターを引用して会話をしているコスプレのようなものだと認識されるかもしれない。

教室にいるときの自分。部室での自分。どちらかが偽者というわけではない。どちらも僕であり、先輩だ。おなじ存在の別の側面というだけのことだ。部室にいるときの傲慢な先輩は、そういうキャラクターを自分で設定し、演じているというわけではないのだとおもう。普段はクラスメイトに見せない側面が、部室にいるときは不思議と相手に見せられる。僕たちはそれまで通りの距離感のまま部室で話をする。

唯一、変化したことがあるとすれば、週に一度おこなわれていた執筆会だ。以前は「傑作ができた！」「ちょうどよかったです。焼き芋をつくるから、燃やすものがほしかったんです」などというやりとりをしたものだが、七月に入ってからは休止がつづいていた。しかしこれは、先輩の部室外での姿をしったことが原因ではないとおもう。僕が真面目《まじめ》に物語をつくろうとしてしまったからにちがいない。部室でのみ通じる内輪ウケの文章ではなく、もっと小説らしい小説を書いてみたいという僕の心理がまずかったのだ。きっと先輩を白けさせてしまったのだ。

「はい、できましたよ」

厚紙で工作したものを見せる。

「なによ、これ。私はチェスの駒をつくれって言ったのよ。だれが安土城《あづちじょう》を再現しろって言ったのよ！」

先輩が握り拳《こぶし》で、どーん、と机をたたく。ディアゴスティーニの付録顔負けの完成度の安土城がぐらりとゆれた。

外部とつながっていないからこそ可能になるコミュニケーションがある。自分たちだけの言語、文脈、僕と先輩にはそういうものがあった。僕たちは共通の文脈を育《はぐく》んで、それを愛《いと》おしいと感じていた。でも、決して、外部から言葉をもってきてはいけなかったのだ。

七月の中旬、夏休みに入る直前に、一学期の期末試験がおこなわれた。気温が上昇し、蟬《せみ》の声が教室にまでとどくようになる。期末試験二日目の朝、夏というものを呪《のろ》い殺す方法についてかんがえながら登校して自分の席についた。

「おはよう」

となりの席の鈴木さんに声をかけられた。彼女は今まで机につっぷしてねむっていたらしく、トロンとした目である。これまでは緊張して言葉をつっかえながらあいさつをかえしていたのに、なぜかその日は意識もしないでごく自然に「おはよう」と言えた。

「うん」

鈴木さんはうなずいて机でのいねむりを再開する。みじかいけれどうまくキャッチボールができた。会話のボールをとりそこなったり暴投したりということもなかった。これだよこれ。まるでこの自分がクラスの一員みたいじゃないか。クラスにいるこんなかわいい女の子と朝にあいさつをするだなんて、以前の自分にはかんがえられないことだ。もしかするとこのままいけば自分の対人恐怖症的な部分もいつかは改善されるかもしれない。

上機嫌になっていると、となりの席で鈴木さんがおきあがった。また自分に声をかけてくるのかとおもったが、彼女はクラスの男子と話しはじめた。昨晩あったテレビ番組の話題でもりあがっていた。僕はその番組を見ていないからよくわからなかったが、男子生徒が気の利《き》いたことでも言ったのか、さっきまでねむたそうだった鈴木さんがおかしそうにわらって、男子生徒の腕をこづいたりしていた。先生が教室に入ってきて、朝のホームルームがおわり、一学期期末試験の二日目がはじまった。うまく頭がはたらかなくて、その日の試験は散々だった。

試験は午前中のみで終了し、正午すぎには教室を出ることができた。文芸部の部室まであるきながら、胸のなかにあるもやもやのせいでうめきたくなった。試験の問題をうまくとけなかったことが原因ではない。朝に見た光景のせいだ。鈴木さんがクラスの男子と話して、たのしそうにしていたという、ただそれだけのことに、僕はなぜだか嫉妬《しっと》していた。あんな風に和気藹々とたのしげにしているクラスメイトたち全員がやっぱり嫌いだった。軽々とコミュニケーションをとって、鈴木さんから笑顔をひきだせるクラスメイトが嫌いだ。おかしそうに男子生徒の腕をこづいている鈴木さんも嫌いだ。でも、僕が一番嫌いなのは、こんな自分自身だ。やっぱり僕は気持ち悪い人間だ。朝のあいさつがうまくできたくらいで、鈴木さんと仲良くなれたかのような錯覚をした自分に死んでしまえと言いたい。自分め、爆発しろ！　爆発しろ！　クラスメイト全員、爆発しろ！

鬱屈《うっくつ》とした気持ちのまま文芸部室の扉をひらく。小山雨季子先輩が机で文庫本を読んでいた。古本のつめこまれた段ボール箱をよけて、古書のならんでいる本棚の前を通り、いつもの席にすわる。先輩が口の端をつりあげて言った。

「試験期間だっていうのに今日も来たね。かわいそうに、よっぽど居場所がないんだね」

余裕がなくて何も言いかえせなかった。むっとした気持ちで、だまりこむ。廊下を通る生徒たちのたのしそうな声が、扉のむこうを通りすぎていき、すっかり聞こえなくなると部室の沈黙がきわだった。先輩は戸惑っていた。フォローのつもりなのか、目をおよがせながら言った。

「ま、まあ私も似たようなものだけど……」

先輩の言葉が卑屈に聞こえた。いらついて僕は口を開いた。

「あなたみたいな人と、いっしょにしないでください！」

小山雨季子先輩は、ポカンとした表情になる。僕は目をそむける。先輩はゆっくりと立ち上がり、なにか文句でも言ってくるのかとおもったら、部室のすみに置いてあった大きな事典を持って、また元の席にすわった。細菌の顕微鏡写真をあつめた事典だった。先輩はそれを、僕との間に壁をつくるようにたててながめはじめる。先輩の顔は事典にかくれてすっかり見えなくなった。

シカトかよ。もうさっさと家に帰りたくなったが、それではなんだか負けてしまうような気がしたので、憮然《ぶぜん》として席にすわりつづけた。なにもしないでいるのも時間の浪費だから、教科書をとりだして、明日の期末試験の勉強をすることにした。しかし教科書の内容は頭にはいってこなかった。

しばらくして水っぽい音がした。先輩のほうから聞こえる。それが泣き声であること、先輩が嗚咽《おえつ》を漏らしていることに気づいた。事典は読むためではなく、どうやら壁をつくって泣き顔をかくすためだったらしい。

「え？　あれ？」

なぜ泣いているのだろう。いつもと同じように軽口をたたいただけなのに。いや、ちがった。いつものような軽口ではなかった。僕は先輩にやつあたりしたのだ。悪意を持って先輩をおとしめたのだ。まったく無関係な先輩を。

僕は人に嫌なおもいをさせてしまうことがよくあったけど、それはいつも自分のいたらなさからだった。今のように悪意を持って嫌なおもいをさせるのは、もうしひらきができない最悪のことだ。本当に最低だ。

先輩の顔は事典のむこうにあり、僕から見えるのは本をささえている両手の指と肩とたれさがっている髪の毛だけだ。僕は教科書を置いた。そのかすかな物音で先輩の手が震える。椅子から立ち上がり、先輩にちかよる。気配でそのことを察したのか、先輩の肩が緊張するように、きゅっとせばめられる。おそるおそる、話しかける。

「あの……」

そのとき先輩が立ち上がった。いきなりのことだったから泣き顔は見えなかった。視界に入ったのは先輩がもっていた事典の表紙だ。それが顔面にむかって飛んできた。普通の本だったらべつにたいしたことないのだが、何千ページという知識の集積は、殺人級の重量である。

部室の扉をいきおいよく開けて先輩は廊下にとびだす。僕は事典を顔でうけとめた衝撃でめまいをおこした。鼻の奥から血の臭《にお》いと感触がおしよせる。いつも先輩がすわっている机の天板に涙の落ちた跡があった。透明な滴《しずく》がかわいても、先輩のもどってくる足音はきこえなかった。

試験期間が終わり、夏休みになった。

八月がすぎて、二学期になった。

先輩は文芸部の部室にこなくなった。

泣いた日から一度も会わなかった。

ある晩、自分の部屋の机からノートをひっぱりだしてながめた。

小学生のときのノートである。

僕はそれをひとしきりながめて、小説を書きはじめた。

4

僕は今年で高校二年生になってしまっていた。

中学の時は、高校生というのは何か大人に思えて、今とは違って友達とかバシバシ出来て彼女も出来てウハウハ、などと思っていたが、実際になってみたら大して変わらない。あいさつも返せずに、あ、生まれてきてすいません、と思う毎日だった。

新しいクラスになって一ヶ月ほど経っていたが、いやそれ嘘だろ、というぐらいフレンドリーな雰囲気だった。新しいクラスには社交性が高い、性格の明るい生徒が多いためだ。

しかし、社交性皆無な僕は、みんなが笑顔で話している中、一人で席に座っているのだった。のけ者にされているわけではなく、ただ単に僕が人見知りをして、未《いま》だに休み時間に話せるような友人がいないためだ。クラスはとても良い雰囲気なんだけど、そうやって自分が孤立することによってその雰囲気を壊しているみたいで、いたたまれなかった。

自意識過剰気味なのは分かっているのだが、それでもどうしようもなかった。クラスメイトたちが、ただ友人たちと笑いあっているだけなのに、心の中に住み着いているブタのように肥えたジイシキさんが「嗤われているブヒー！」と叫ぶのだった。

＊＊＊

冒頭部分は主人公の独白だ。

先輩のいない部室で、そんな小説を、空が暗くなるまで執筆した。

作品の題名は『青春絶縁体』。

主人公は、あきらかに自分自身。

＊＊＊

「あれ？　次、数学だったっけ？」

「え、あ、え？」

突然声をかけられた。

声のしたほうを見ると、隣の席の鈴木さんだった。明るい性格の人で、クラスは彼女のおかげで五百ルクスぐらいは確実に明るくなっている。彼女は僕の机にある数学の教科書を見ていた。あれ？　次、数学じゃなかったのかな？　と思って周りの人たちを見てみると、みんなも数学の教科書を出していた。

首をかしげて彼女を見ると、彼女は現代社会の教科書を持っていた。

「あ〜そっか。社会は次の次だったね」

＊＊＊

『青春絶縁体』には、鈴木さんも出てくる。

それに、野球部の山田くんという架空の人物も登場する。

＊＊＊

今日もいつも通り、文芸部室まで向かっていた。すれ違う生徒はほとんどいなくて、閑散としている。聞こえてくるのは野球場からのカキーンというボールを打つ小気味よい音と、それに続いてあがる「ぎゃあああああ球がタマにあだったあああああ」「山田ああああ」という叫び声だけで、それを除けば、時間が止まったみたいに静かだった。

もちろん、先輩も出てくる。

＊＊＊

＊＊＊

それがなぜ、割とダイレクトに「死んだ方がいいですよ」と言うようになったか。それまでの様子をダイジェストでお送りしたい。

〜入部数日目〜

「文芸部って、どんなことをするんですか？」

「……特に何も」

〜入部数ヶ月目〜

「部員の勧誘とかしないんですか？」

「……しない」

～入部半年目～

「先輩って、性格暗いんですか？」

「……そういうことは本人に聞いちゃだめだと思うの。君は前世からやり直したほうがいいね」

～入部十ヶ月目～

「クズ」

「死ね」

＊＊＊

ところどころに実体験を入れた。

＊＊＊

「お、遠藤君、今帰り？」

自転車に乗った鈴木さんだった。

え、あ、うん……と、僕は返事をしつつ、かなりびびった。下校する時の僕は、やっと学校から解放される、これでビクビクせずに済むぞとちょっと気が緩んでしまうので、この時に話しかけられるといつも以上に、ビクビクゥ！ となるのだった。

「ふぅ～ん……遠藤君ちって、すぐそこだったよね？」

「え、あ、うん……」

「じゃそこのコンビニのとこまで道一緒だね。一緒に帰らない？」

＊＊＊

主人公に自分の名前をつけるのがはずかしかった。

だから本名ではなく【遠藤】という名前にした。

＊＊＊

あれだった。同じクラスの女の子、しかも可愛い子と一緒に、わずかの時間ながら帰ったのだ。それってこう、前述した通り、僕にとっては、青春スパーク!! みたいな感じである。夢にまで見たシチュエーションだ。それなのに、僕はまともにしゃべれずに、つまらない思いをさせてしまった。青春スパーク!! も、僕には全く効いてくれなかった。こう、女の子と一緒に帰るとか、そういう青春チックな出来事は、僕が当事者になるとたちまちダサいことになるような気がした。なんというか、青春というものに対して、自分という存在は絶縁体であるようなイメージを持った。

＊＊＊

ほかにもちがうところがある。

最後の展開だ。

部室で先輩を泣かせてしまった後のこと。

＊＊＊

僕が話しかけたところで、先輩ははっきりと肩をビクリと震わせた。それからいきなり立ち上がって僕に持っていた百科事典を投げつけた。普通の本だったら別に大したことないのだが、百科事典である。何千ページという知識の集積が襲ってくる。僕はとっさに避《よ》けようとして体をよじった。

先輩は僕がそうしている隙に部室を出て行った。

「あ、待って……」

と言って後を追おうとしたが、変に体をよじったために腰に痛みが走る。かろうじて立てはしたが、腰が「これ以上無理をしたら……サッカーをやれない体になってしまいますよ……」と呟《つぶや》いていた。だが、僕は元々サッカーなんてやらないので構わない。

僕は「うおー！」と気合いを入れて先輩を追い始めた。

部室を出たとき、既に先輩の姿はなかった。特別棟を出ると、先輩が校門のほうに走っていくのが見えた。僕は上履きのまま、全力で彼女のほうへ走っていく。腰が「うぎゃあああああ」と悲鳴を上げたが無視。

先輩は足がものすごく遅かった。本人は走っているつもりなのだろうが、あれなら小学生のほうがまだ速く走れる。対して僕は希代《きたい》のもやしっこ、先輩に勝てず優らず足が遅い。距離がぜんぜん縮まらない。かろうじて先輩の姿を捉《とら》えているが、どこかで曲がられたら完全に見失ってしまう。

＊＊＊

ほんとうは鼻血を出して、みっともなくめまいをおこして、しばらくの間、部室から出られなかったくせに。せめて小説のなかでは、そうしたかったのだとおもう。その先の展開は支離滅裂で、自分でもどのように収拾をつけたらいいのかわからなかった。クライマックスだけは、実体験のともなわない僕の創作だったから。

＊＊＊

先輩が校門を抜けた。僕も数十秒遅れで校門を抜ける。先輩は坂を下ったところにあるコンビニに向かっていた。そこまで数百メートルほどあるので、それまでに追いつかなければならない。コンビニを過ぎれば小道が幾つもあるので、そこに入られたらすぐに見失ってしまう。僕は徐々にだが、根性で距離を詰め、やっと十数メートルのところまで来たが腰に限界が来て、それ以上差を縮められない。

僕の横をジョギング中の野球部がさっさと抜いていった。くそ、何で僕はこんなに足が遅いんだと野球部の背中をにらみつけていると、一人が転んだ。かなり急な坂なので、その人は勢いそのまま坂を転がっていく。「う、うおおおお（ゴロゴロゴロゴロ）」「や、山田あああああああああ」

先輩の横を、その人がゴロゴロ転がって行き、先輩はギョッとして立ち止まった。チャンスだと思った。ここで一気に追い上げなければと思ってたら足がもつれて転び、転がった。

「う、うおおおお（ゴロゴロゴロゴロ）」。転がる転がる転がる。目が回る。

坂が終わったところでようやく止まった。制服は夏服で、薄着だったのであちこちすりむいて泣きたいぐらい痛い。

＊＊＊

先輩にあやまらなくてはいけなかった。先輩につたえなくてはいけないことがある。

言わなくてはいけないことがある。

＊＊＊

僕は転がりすぎて足元が覚束《おぼつか》なかった。世界がグルグル回っていた。もうなんか意味が分かんなかった。でも何か言わないといけないと思って、僕は先輩の声がしたほうを向いて叫んだ。

「す、好きです!!」

＊＊＊

二学期になっても小山雨季子先輩とすれちがうことはなかった。たとえば図書室などにいるかもしれないとおもって、張りこんでみたが、見つからなかった。僕がやって来そうなところを、ことごとく避けているのかもしれない。こんなに会わないでいると、そもそも学校に通っているのかどうかもあやしい。自分のせいで学校をやめていたらどうしよう。

ある昼休み、ついに僕は二年生の教室をたずねてみることにした。面とむかって詫《わ》びをいれるしかない。それしかおもいつかなかったのだ。しかし二年生の教室に行くなどという行為はハードルが高かった。きっと不良の先輩なんかがいて、僕のような貧弱で挙動不審の一年生を見つけようものなら、どんなに酷《むご》いことをしかけてくるかわかったものではない。自分の教室に入るときでさえ緊張するこの僕が、まったく見知らぬ先輩たちの教室に入っていくなんて、はたして可能なのだろうか。階段の踊り場で立ち止まり、緊張からせりあがってくる吐き気をこらえていたら、声をかけられた。

「あれ？　山里《やまざと》君？　めずらしいところで会うねえ！」

鈴木さんが明るい表情でかけよってくる。普段なら動揺する場面だが、彼女の顔を見ると、すこしだけ緊張がほぐれた。海外で日本人に出会ったら、きっとこんな風にほっとするのだろう。

「なにしてるの？」

「これから、二年生の教室に行こうかと」

「なんで？」

「部活の先輩に、わたさないといけないものがあって」

持っていたノートを鈴木さんに見せる。僕の書いた小説がつづられているのだ。

「文芸部の先輩？」

彼女はそう言って、何かをおもいだしたような顔をする。

「そういや、おもしろい人の噂《うわさ》を聞いたんだけど、文芸部だったら、しってるかな。何年か前、この高校に通ってた、本好きの女子生徒の話なんだけど」

「本好きの女子生徒？」

「その人、すごい活字中毒だったらしくってさ、友だちといっしょにお弁当を食べてるときにも読書してたんだって。それだけじゃないよ。本を読みながらあるくものだから、前方不注意で人にぶつかったり、階段でつまずいてころがり落ちていったりすることもあったらしいよ。さらにすごいのは、そんなときでも本のページに指をはさんで、どこまで読んだかわかるようにしてたんだって」

「……へ、へえ、おかしな人だね」

「その人の噂、聞いたことない？」

「そんな奇妙な人が、いるんだね」

「世の中はひろいのよ。でも、そうか、しらないのか。会ってみたいんだけどな」

鈴木さんはざんねんそうにする。ほんとうはその女子生徒に心当たりがあった。そんな変人がほかにいるとはおもえない。鈴木さんの語ったその人物像は、どうかんがえても姉の潮音《しおね》だった。咄嗟《とっさ》に嘘をついてしらないふりをしたのは、はずかしかったからだ。身内がそのような伝説をのこしていることなど、あまり公言したくなかったのである。

「私もこれから先輩のとこにあそびに行くんだ」

鈴木さんが何の迷いもなく、緊張感もなく、階段をのぼりはじめる。

「どうしたの。行こうよ」

昼休みの校舎はにぎやかだった。天気もよく、窓の外には青空がひろがっている。外のベンチで弁当をひろげている女子生徒の集団や、はしりまわってふざけている男子が見える。二年生の教室がならんでいる廊下を、鈴木さんといっしょにあるいた。先輩が二年何組に所属しているのかも僕はしらなかった。廊下をすすみながら、二年生の教室をひとつずつのぞいていく。不良っぽい服装の人はいたが、心配していたような酷《ひど》い行為はうけなかった。鈴木さんは顔見知りを発見すると、次々に声をかけていく。彼女は二年生にも大勢の友人がいるようだった。女子、男子、教師、だれとでも言葉をかわしていく。他者に壁をつくらないおそるべきノーガード戦法で、初対面の人たちの会話に入り、それなりにうちとけて去っていくという、僕から見れば、ほとんど妖怪のような人である。そんな鈴木さんが僕の小説を、いつか読ませてほしいと言った。ただのリップサービスかもしれないけれど。

小説を書く動機が僕にはあった。人に言えないような暗い情念だけれど。それを燃料にしてひとまずは書いてみようとおもえた。先輩と二人だけの部室で、二人だけの文脈で小説を書くのではない。鈴木さんが読んでも、あるいは、鈴木さんの友人たちが読んでも通用するような物語をつくれるようになろうと決めた。幸せな連中は全員、爆発しろ！　という感情はずっとある。でも同時に、みんなのなかへ入りたいというあこがれもある。自分が物語をつかってみんなに復讐《ふくしゆう》したいのか、それとも受け入れられたいのか、明確ではないけれど。物語をつくることで、何かがかわるんじゃないかとおもえた。これまでは何かをしたくても、何もできなくて、その場でただ足踏みをしていた。だけど、こんな僕でも、どこかにむかってあるきはじめられるような気がした。そのとき、一人で部室を出るのは嫌だ。もう一人の自分をのこしていく気はなかった。不安で足がふるえそうになる。緊張で頭が痛くなってきた。まわれ右して帰りたくなるのをぐっとこらえる。僕は行かなくてはならない。前にすすまなくてはならない。

鈴木さんが二年生の友人と廊下で立ち話をはじめた。その邪魔をしないように彼女のそばをはなれる。恐怖しかないけれど、ここから先は自分だけで行こう。鈴木さんから遠ざかると、急に校舎がしずかになった。昼休みのすべてのにぎやかさが遠いことのように感じられる。外で風がふいて、木々のざわめく音や、鳥の鳴き声、翼のはばたく音までが聞こえてくる。しんとした昼下がりの校舎をあるいて、二年生の教室をのぞく。

何個目かの教室の入り口で立ち止まる。

机にほおづえをついて読書している女子生徒がいた。長い黒髪が肩や腕や椅子の背もたれにながれおちている。銀縁メガネのレンズはうすく、フレームも針金みたいにほそい。手元の本に視線をむけている横顔は、やはり大人びている。教室にはほかにも生徒がいて、何人かのグループをつくっておしゃべりしている。だけど一人きりで過ごしているのはその女子生徒だけだ。僕は胸がくるしくなってくる。まるで自分を見ているようだったから。唯一の居場所だった文芸部室に、僕がいられなくしたせいで、ここに一人でいなくてはいけないのだ。

見知らぬ教室に入ることも苦にならなかった。

僕は気づくと小山雨季子先輩のそばにいる。

「先輩……」

先輩が息をのんで、ふりかえる。

僕の顔を見た途端、瞬間湯沸かし器のように顔や耳が真っ赤にそまる。

「部活の、報告書を、持ってきました」

僕はノートを差し出す。先輩はノートと僕の顔を交互に見て、あわあわと口をうごかす。おびえる小動物みたいに、今にも泣き出しそうな目になる。

「お、おまえ……」

蚊の鳴くようなちいさな声を先輩が発した。だけどそれはたしかに先輩の声だった。

「小説を書きました。先輩が、部室に来ない間、ひまだったから」

先輩の頰《ほお》は赤く、肩は緊張のせいでがちがちになって、さらに僕からノートを受け取っているというこの状況は、第三者の目には、まるで僕が先輩に告白しているように見えるのではないだろうか。もしかして。そのような不安を抱いて、周囲に視線をむけてみると、やはり教室にいるほかの二年生がこちらを気にしていた。そのことに気づいた先輩は、はずかしそうにうつむいて、長い髪が顔をベールのようにかくしてしまう。今にも頭から、湯気のようなものがふきだしそうな雰囲気だ。先輩は、指をいじるみたいに、ノートをぱらぱらとめくりはじめた。

「な、長いのを、書いたんだね」

「はい」

「わ、私の名前が……」

出てるじゃないか、という語尾はかすれて消える。

「私小説なんです。ところどころ、事実とは異なりますけど」

いつのまにか教室の入り口に鈴木さんが立って僕のほうを見ていた。ほかの生徒たちも、それぞれおしゃべりをしながら、こちらに耳をかたむけているような気配がある。きっと先輩のもとにだれかがたずねてくることとなんて、これまで一度もなかったのにちがいない。先輩がほかのだれかと話している場面も、彼らにとっては、はじめてのことなのかもしれない。僕には想像がつく。自分も似たようなものだから。

「ば、ば、ば、馬鹿なことを……」

僕にしか聞こえないくらいの小声で先輩が言った。

「こ、こ、こ、こんなところに、よくも……」

「あやまりたかったんです」

よりいっそう、肩をすぼめて、先輩がはずかしそうにちぢこまる。

「……で、でも、あやまるのは、私の、ほうだよ。……ほ、ほんとうは、こんな感じ、なのに」

「僕のほうだって、似たようなもんです」

「あ、あんたが、入部したとき、部室をもう、一人でつかえなくなるとおもって、追いかえそうと、おもったんだ。それで、最初に強く、言ってしまって」

あんた、性格が、暗いのよ。死んでよ。先輩は初対面のとき僕に言った。そこには、心地のいい部室をとられたくない、という動機があったらしい。僕を入部させまいとして、あのような言動をとったのだ。しかし僕は退部もせず、のこりつづけた。先輩はそのまま、普段とは別の態度で僕に接するはめになった、ということだろう。

「先輩は、痛い人ですね！」

「う、う、うるさい……！」

「あの、ちょっと、もう限界です。別の場所で話しましょう！」

先輩の手首は、ほそかった。ふれた瞬間、先輩がふるえた。手首をつかんで椅子から立ち上がらせる。先輩はおどろいた様子だったが、その場から逃げ出したいのはおなじだったらしく、はっきりとうなずいた。二人で廊下にむかってあるきだす。教室の入り口で鈴木さんとすれちがった。彼女はなぜか僕にむかってガッツポーズをした。

「わ、私は、見られたくなかった」

足早に廊下を通りながら、涙声で先輩が言った。

「教室に、いるときの、みっともない自分を、あんたにだけは、見られたくなかったんだ」

すれちがう生徒のほとんどは僕たちに無関心だった。何人かの生徒だけ、先輩の泣いている気配を感じとって視線をむけてきた。二人で廊下をすすむ。どこにむかってあるいていけばいいのか、よくわからないままだったが、僕はとにかく、先輩の手首をはなさなかった。

話を盛り上げようと、無理矢理に書いてみたクライマックスは、坂道をころがりながら先輩を追いかけるという展開で、それはまったくの嘘だったのだけど、僕はそれが気に入っている。

放課後の部室で小説を書き終えたとき、窓の外は暗かった。闇に満ちていた。

けれど、今からでも先輩を追いかけられるような気がした。

事典を投げつけられて一ヶ月以上も経過していたというのに、小説のなかの自分自身みたいに、無様でもいいから、坂道をころがりながら追いかければ、先輩の手をつかめるような気がした。小説がおしえてくれた。作中の自分が、作者である僕に、僕がやるべきことを、しなくてはいけないことを、理想の結末を、おしえてくれたのだ。

『青春絶縁体』

これは僕の物語だ。

ワンダーランド

1

……ああ、まいった。さっきから、頭痛がひどいんだよ。え？　なんだって？　きみに話しかけてるんだ。そう、きみだよ。頭痛がひどいって言ったんだ。側頭部のあたりが脈打ってる。だいじょうぶ、昔からこうなんだ。じきになおるだろう。こんなときいつも、部屋のすみにうずくまって、じっと痛みに耐えることにしているんだ。音楽をがんがんにかけて、痛みをまぎらわせる。でも、こんな状況だしな、音楽をかけるわけにはいくまい。大音量で音楽をながしてみろ、この空き家に人がいるってばれてしまう。そもそも、ここにはCDプレーヤーも、スピーカーもない。電気さえ、通ってないんだ。だいじょうぶ、あんまり頭痛がひどくなったら、外の空気をすってくるよ。川沿いの土手一面に、コスモスが咲いてるんだ。そいつをながめながら、タバコをすってくるのさ。

いや、そんなことをしている場合じゃなかったな。わかっているんだ。でも、次もだめだったらどうしようかって、心配なんだ。そうさ、これがはじめてってわけじゃない。これまでにも何度か、ためしてみたんだよ。そのたびに失敗して、頭痛はひどくなるばかりさ。死体を処理して、また別の町に移動。そのくりかえしだ。

三年くらい、そういう生活をつづけている。くたびれたよ。さみしいんだ。話し相手がずっとほしかった。話を聞いてくれる相手さ。だれだっていい。話していれば、頭痛も弱まってくれるかもしれない。

それにしても、しずかだな。車の音も、人の声も、聞こえてこない。どんなやつがここに住んでいたんだろうな。取り壊す金がなかったのかな。すくなくとも二十年は放置状態だ。床にたまっているほこりの具合やら、置いてかれた家電のデザインから、それがわかるんだ。

さて、そろそろ出発することにしよう。女をさがしてこなくちゃいけない。この近所でつかまえるにはリスクが高すぎる。車で一時間くらいはなれた場所でさがすつもりだ。だれでもいいってわけじゃない。ぴんとくる相手じゃないとな。今度こそ、うまく合致すればいいんだが……。こいつは、鍵《かぎ》と鍵穴の関係なんだ。夢で見たんだよ。うまくはまったら、女の肋骨《ろっこつ》がぱかっと開くんだよ。そいつが天国への扉になるんだ。そうすれば、頭痛もおさまるってわけだ。鍵と鍵穴の関係さ。あるいは男と女だよ。神様は人間を男と女にわけたんだ。神様は馬鹿野郎さ。

＊＊＊

小学校に行く途中、鍵をひろった。そいつは道のまんなかで、きらりと朝日を反射していた。一瞬、百円玉かとおもい、期待してかけよったが、どこにでもあるようなごくふつうの鍵だったのでがっかりした。指でつまんで、いろんな角度からながめてみたが、何の特徴もない銀色の鍵である。キーホルダーもついておらず、平べったくて、鍵穴に差しこむ部分はノコギリの歯みたいにぎざぎざしている。交番にとどけたり、先生に報告したりするべきかもしれない。しかし僕は、それほどよい子ではなかったので、それを自分のものにした。

クラスメイトや先生は、僕のことを真面目《まじめ》で正直な優等生だとおもいこんでいる。ほかのクラスメイトみたいに、授業中にさわいで注意をうけることがないせいだろうか？　宿題をしっかりとやってくるからだろうか？　面倒なことに、僕は真面目な少年というイメージを持たれているらしく、そこからずれたふるまいをしようものなら、全員が面食らった顔をする。

僕が宿題をやってこなかった場合、「ほかの子ならともかく、高田《たかだ》君はそういう子じゃないでしょう？」という顔を先生はするにちがいない。僕がほかの男子みたいに、奇妙な声でさけびながらおどりはじめた場合、女子はきっと青ざめて、僕がどうかしてしまったとおもうだろう。だから、真面目な少年というみんなのイメージをくずさないように日々をすごさなくてはいけないのだ。

一日の授業がおわり、放課後になって教室を出るまで、鍵のことはすっかりわすれていた。今日は塾のある日だ。ほんとうは塾になど行きたくなかったが、母がそれをのぞんでいるのだし、親の希望に添うのも子どもの役目だとおもっている。だから、しかたない。今の成績をキープすれば、母の機嫌もよいし、家のなかの雰囲気もあかるい。

生徒が廊下にひしめいていた。騒々しい声がとびかっている。あるきながらポケットに手を入れる。財布にいくら入っているかを確認するためだ。コンビニでおにぎりを買ってから塾へ行くつもりだ。帰宅するまで何も食べなかったら、空腹で勉強に集中できなくなる。塾の日には買い食いがゆるされており、母がお金をくれるのだ。

財布を出そうとしたとき、ポケットのなかで、ぎざぎざしたものが指先にふれた。あるきながらそれを出してみる。今朝《けさ》、登校中にひろった鍵である。銀色の表面に光沢をまとわりつかせてかがやいていた。こまかい傷が表面にあったけれど、それさえも綺麗だ。

そういえばこれはどこの鍵だろう？　一度、そう疑問におもうと、気になってきた。この鍵で開く扉がこの世のどこかにはあるのだ。家の扉とはかぎらない。部屋の扉かもしれない。あるいはロッカーの扉かもしれない。それとも、車の扉かもしれない。

塾の時間まで、まだ、もうすこしある。いつもなら、はやめに行って勉強の予習復習をするところだった。でも、もっとおもしろいひまつぶしをおもいついた。この鍵が、何の鍵なのかをしらべてみるのだ。

　とりあえず小学校の校舎内にある、様々な鍵穴に鍵を差してみた。教室のドアからはじまり、理科室や音楽室、職員室のドアや更衣室のロッカー、各部活の部室、体育倉庫など。とにかく目に入った鍵穴すべてに鍵を差した。わかりきっていたことだが、鍵にあう鍵穴は見つからなかった。当然の結果だ。そうかんたんに見つかるわけがないのである。学校を出ると、コンビニでおにぎりを購入して塾にむかった。その途中に見かけた鍵穴も全部ためしてみた。駐車中の車や家の扉など。もちろんどれにもあわなかった。はたから見たら、自分はあきらかにあやしい人物だったにちがいない。だれも見ていない瞬間を見計らって鍵穴に差していたが、もしも見つかっていたら呼び止められて事情を聞かれていたかもしれない。それでも、たのしかった。おそろしいやら、愉快やら、くすぐったい気持ちになる。

　帰宅して夕飯を食べながら、今日の出来事を母に報告した。学校であったことや、塾での様子について話をする。父はいつも帰りがおそいため、食卓には僕と母しかいない。鍵をひろったことや、放課後の行動についてはだまっていた。何もかも親に話すほどよい子ではないのである。

　学校の登下校中に、鍵穴の調査をすることが僕の日課になった。車のドア、駅のコインロッカー、閉店した洋品店のシャッター、自動販売機。あらゆる鍵穴に、ひろった鍵をためしてみた。通学路にある鍵穴が全滅すると、いつもとちがう道をあるいてみて、未確認の鍵穴をさがす。これまで一度もまがったことのない四つ角をおれてみた。興味のなかった脇道にはいってみる。風景の一部として素通りしていた家の扉にちかづいてみると、犬にほえられて、その家に飼われていた巨大な犬の存在をはじめてしる。

ひろった鍵はどの鍵穴にもあわず、ほとんどの場合はささりもしない。日をかさねるごとに鍵穴をさがす時間は長くなり、行動範囲も広くなった。今まで通らなかった道をあるいて、はじめての階段をのぼってみた。近所に住んでいたのに、どうしてずっと気づかなかったのだろうという竹林や、かわった車のある家や、丘からの風景に出会った。新鮮な景色にはっとさせられる。これまで自分は、目を閉じてこの町をあるいていたのではないか、とさえおもえてくる。きっと僕は、自分のしっているいつもの道しかあるいてこなかったのだ。決まったルートからはずれて、ふとまわりをながめてみることなんてしなかったのだ。

ある日、鍵穴の調査のせいで帰宅時間がおくれてしまい、母が夕飯にラップをかけて食卓で居眠りしていた。肩をゆらすと母は起きて言った。

「お帰りなさい。勉強、どうだった？」

いつものように母と二人で夕飯を食べながら一日の出来事を話していると、つけっぱなしになっているテレビからニュースが聞こえてくる。

「あなたも、気をつけなさいね。今日みたいにおそくなる日は、電話するようにしといたほうがいいかもね。携帯電話を持たせるべきかな。でも、やっぱりだめ。メールばかりして、勉強しなくなるといけないから」

母の話をぼんやりと聞きながらテレビを見る。女子大生が行方不明になったというニュースが報道されていた。何らかの事件にまきこまれた可能性があるらしい。画面の下半分に、女性の服装が字幕で出ていた。ベージュのカーディガンに、グレーのワンピース。ヒールの靴。茶色のバッグ。この服装の女性に心当たりのある人は下記の番号に連絡を、というアナウンスも表示されている。おどろくべきことに、その人が姿を消したのは、行ったこともないような遠くの土地ではなかった。僕の住んでいる文善寺町《ぶんぜんじちょう》から車で一時間ほど行った先にある、となり町での出来事だったらしい。画面に映っている映像は、何度か親にも連れられていったショッピングモールの駐車場だった。

2

わかっているんだ。自分の頭が失敗作だってことなら、ずっと昔にわかっている。はやいところ、死んだほうがましだ。そうすれば、この頭痛もおさまるはずだから。自分みたいな人間は、一刻もはやくガソリンをかぶって火をつけるべきなんだ。そうするのが社会全体の幸福につながるんだ。

さっき車のラジオで事件のことを報道していたよ。あの女、どうやら一人暮らしってわけじゃなかったらしい。そうかんがえないと、警察のうごきが、はやすぎる気がしてならない。一人暮らしの女なら、いなくなったところで、数日間はほったらかしにされるもんだ。実際、これまではそうだったんだ。でも、今回の女は、家族と住んでいたのかもしれないな。まあ、どうだっていいか、そんなこと。あの女に聞いて確認することも今となってはできやしない。

頭痛はつづいている。きりきりと、側頭部に鉄の棒を押しつけられているような痛みだ。心配いらない。だいじょうぶだ。今回もはずれだったらしいな。あの女の胸にナイフをさしても頭痛はおさまってないってことはね。

あの女なら冷蔵庫のなかにいるよ。電気は通じてないが、すこしくらい、においを閉じこめてくれるだろう。埋めたほうがいいってことはわかってるんだ。でも、人間一人分の穴を掘るのだって一苦労なんだ。この頭痛でそいつは無理だ。まったく、忌々《いまいま》しいよ。かなしくなってくる。この頭痛のせいでまともな仕事にもつけやしなかった。

まあいいさ。とにかく失敗したんだ。頭痛がなおってないってことは、あの女もやっぱりちがっていたんだ。このナイフに、ぴたりと一致する女じゃなかったのさ。鍵と鍵穴の関係なんだよ。うまく一致したら、扉が開くみたいに、女の肋骨が、ぱかっと開くんだ。ナイフの形と、肋骨の形がうまいことかみあったら、ぱかっと開くんだ。嘘《うそ》みたいだけど、ほんとうの話さ。光があふれてくるんだ。子どもが産まれるみたいに、希望が誕生するんだよ。願いがかなうんだ。天国への扉なんだ。そのとき、きれいさっぱり、頭痛から解放されるんだよ。しっているんだ。ほんとうさ。きみは、しんじてないようだね。きみは……。

きみは、いったい、だれだっけ……。

きみは、ほんとうに、存在しているのか？

……うそだよ。冗談だ。きみはここにいる。あたりまえだ。きみの存在をうたがうやつがいたら、どうかしてる。きみとどこで出会ったのかもおぼえている。きみは、たしか……。つまり、その……。

まあ、いいさ。むずかしいことは、かんがえないことにしよう。とにかく今回もちがっていたんだ。車のなかから、よく観察したんだけどな。失敗の原因は服のせいだ。服の上から見ただけじゃあ、肋骨の形まではよくわからない。微妙なちがいで、ナイフとかみあわないんだ。肋骨の曲線、骨同士の隙間《すきま》。そういったことが、奇跡的にナイフの形状と一致しないといけないんだ。服のせいで、女の骨格を見誤ってしまったんだ。肋骨と、ナイフの形状が、一致しないとな……。ナイフの形状が……。

このナイフ……。

これ、どこで手に入れたんだっけ……。

なんで、こんなもの、持ってるんだ?

頭痛がひどくなってきた。すこしの間、横になろう。そのあとで、今後のことをかんがえることにするよ。まだもうすこし、この空き家を拠点に活動してもだいじょうぶさ。あと、一人くらい、ここでためしてみるよ。

＊＊＊

「高田、昨日の宿題やってきたか? わるいんだけど、見せてくれよ。いいよな?」

となりの席の友人が話しかけてきた。わるいなんておもっていないような顔だ。僕が算数のノートをとりだすと、友人は礼も言わずに受け取った。いつものことだ。僕が宿題をやってきて、友人がそれをノートに書きうつす。最初のうちこそ感謝されたが、今はもうそれが日常になってしまい、ひどいときにはことわりもなくノートを持って行ってしまう。そのことをとがめることはない。ノートが求められているうちは、自分にも存在価値があるということだ。友人に宿題をうつさせなかったら、自分という人間は彼にとって、いよいよ、ひつようないものになりさがってしまう。おなじことが、先生にも、母にも言える。勉強をしなくなり、言うことをきかなくなったら、先生や母にとって、自分という人間は価値のないものになってしまうのではないか。

先生に呼びとめられたら、ほがらかに返事をしなくちゃいけない。塾でも、勉強についていけなくなるのがこわいから、死ぬ気でがんばらなくちゃいけない。優等生的なイメージをくずさないように気をつけなくてはいけない。みんなをがっかりさせないように配慮しながら生きている。中学生になっても、高校生になっても、大人になっても僕は配慮しつづける。

授業中、机の下で鍵をにぎりしめていた。放課後になったら鍵穴をさがしに行こう。この鍵にぴたりと一致する鍵穴がどこかにあるはずだ。この世界のどこかに、この鍵で開く扉がある。それがどんな扉なのか、そのむこうにどんな世界があるのか、それを見たかった。動機はなんだろう？　どうしてそうしたいのだろう？　意味なんかないのに。冒険心？　好奇心？　あるいは、逃げ出したいだけ？　ここではない別の場所に行きたいだけ？　ひろった鍵で開く扉のむこうに、アリスの迷いこんだ不思議の国みたいなものを期待しているのかもしれない。

鍵をひろった場所を中心に、半径数キロメートルの範囲にある家、アパート、マンション、店舗の扉は調査がすんでいた。目についたすべての鍵穴は、ひろった鍵と一致しなかった。錆《さ》びついた金網にぶらさがっている南京錠《なんきんじょう》までためしてみたのだが、鍵の先端部分さえ入らない。落胆はしなかった。やりがいは、ますばかりだ。

マンションによっては、扉のならんでいる場所まで行くのに、警備員のいる正面玄関をぬけなくてはいけなかった。用事のある部屋のインターホンを鳴らして、正面玄関の自動ドアを開けてもらうのだ。マンション内にしりあいのいない僕は、なかに入ることができない。そこで作戦をたてた。まずは正面玄関の前の植え込みにかくれておく。年配の女性が買い物から帰ってくるのにあわせ、その人の子どものふりをしてついて行き、こっそりとマンション内に入りこむのだ。ほかにも、学校からもどってきた小学生の兄弟にまぎれこんだり、宅配便のおおきな荷物の陰にかくれたりしながら入ることもあった。監視カメラも問題だった。できるだけカメラの視界に入らないように廊下をすすみ、どうしても映ってしまうときは顔をふせて移動する。しかし、マンション内にあるたくさんの扉は、ひろった鍵では開かなかった。もしも開いていたら住人とどんな顔で対面するつもりだったのだろう。

いや。きっと開かない、という予感が常にあった。一致する鍵穴をさがしていたのに、心のどこかでは、このまま見つからないことを祈っていた。

その出来事がおきたのは、塾のない曜日のことだった。

帰りのホームルームが終わって学校を出ると、さっそく鍵穴の調査にむかった。町の北側におおきな川がながれている。今日はその周辺を探索してみる予定だった。

川沿いの地域は民家がまばらで、古い家がおおかった。住宅の密集している地域にくらべたら鍵穴の数もすくない。通行人が途絶えて、だれも見ていない瞬間に民家の鍵穴へ鍵を差しこんでは、さっと逃げるというのをくりかえした。自分が不審者であることは自覚している。決して見つかってはいけない。泥棒しているものと誤解されてつかまり、警察に引き渡され、学校や自宅に連絡されたら、先生や両親にとっての僕の価値は一気に暴落してしまう。

結局、成果のないまま西の空が橙色《だいだいいろ》になった。川沿いに出てみると、視界がひらけて、雲のすくない夕焼けが頭上にひろがっていた。土手一面にコスモスの花が咲いていた。マンションやアパートが対岸にならんでおり、西日をうけて窓をかがやかせている。土手をすすんだ先に雑木林があった。夕日が逆光になって、雑木林は濃い影におおわれており、ほとんど真っ黒な影の塊《かたまり》だった。よく見るとそのなかに民家の屋根がある。この地域の民家の鍵穴はすべてしらべたつもりだったが、その家を見落としていた。ちかくまで行ってみると、どうやら空き家のようだとわかる。玄関まで一面に雑草が生い茂っていた。風が植物をゆらして、膝《ひざ》にあたる剣先のような草がこそばゆかった。屋根瓦《やねがわら》が一部分落下して、ならびがみだれている。外壁の板も腐っているらしく、ところどころ苔《こけ》におおわれていた。

しかし、ほんとうに空き家なのだろうか。荒れ放題の庭先にとまっていた白いワンボックスカーを見て疑問におもう。家の古さにくらべてその車はずいぶんあたらしい。新車というわけではなく、全体的にうすよごれてはいたが、錆びついている様子もなければ、植物がからみついているわけでもない。タイヤが雑草を踏んでいるのだが、その雑草の色はまだ青々としている。つい最近、この車は、ここにとめられたのではないか。

車内はずいぶんちらかっていた。食べもののかすや、タオルや紙コップ、ペットボトルなどが散乱している。後部座席の足もとに、なぜかヒールの靴がころがっていた。念のため、運転席のドアの鍵穴に、ひろった鍵の先端を差してみる。だめだった。一致しない。

鴉《からす》が声をあげながら夕焼け空を横切って雑木林のむこうに消えていった。背の高い木々にかこまれているため、民家のそばはうす暗かった。赤く発光するような空を背景に、枝葉は黒々とした影になり、網目模様をつくってこのあたりをほかの地域から目隠ししている。

車がだめなら、家のほうはどうだろう。

鍵穴をしらべるため、民家の玄関扉にちかづいてみる。

3

いわゆる片頭痛ってやつなんだ。こめかみのあたりを中心に、痛みが脈打つんだよ。

一定のリズムで、おそいかかってくるんだ。まるで頭に心臓があるみたいにおもえてくる。血管に送り出される血液みたいに、痛みってやつが、頭蓋骨《ずがいこつ》にそってひろがっていくんだ。植物の根っこみたいにひろがって、頭蓋骨をきゅっとしばりあげるんだよ。あんまりひどいと、吐き気がしてきて、いっそのこと頭に穴を開けたくなるんだ。痛みが脈打ってる部分を切り取って捨てられたら最高だろうな。

　さっきから耳の上あたりを手でたたいているのはね、そうすることで頭痛をまぎらわせようとしているんだよ。頭を手でたたいたら、頭痛がひどくなるんじゃないかっておもうだろ？　でも、実際は逆なんだ。こうやって側頭部をたたくと、脈打ってる痛みのテンポがくずれるわけだ。植物の根っこみたいになって頭蓋骨にはりついている痛みが、ほんのすこしだけゆるむんだよ。

へとへとで、泣きたくなってきた。最近、子どものころに住んでたところへ、無性《むしょう》に帰りたくなるんだ。ずいぶん、遠くまで来てしまった。こんな場所に来るだなんて、かんがえもしなかった。帰りたいんだ、母さんと父さんのいたあの家に。でも、二人ともずいぶん昔に死んでしまった。家もとりこわされて、なくなっちまった。もう帰る場所なんてないんだよ。あの車内で寝泊まりするしかないんだ。こういう空き家をさがして、しばらくは住んでみるんだが、無断で借りているにすぎない。心から落ち着くことはできない。

もう、夢のなかでしか、あのころの家にはもどれないんだ。写真もないからね。目を閉じて、おもいだすしかないんだよ。帰れたらいいのにな。母さんと父さんがいる家に。あのころ、まだなにも不安を感じていなかった。もどりたいよ。今じゃあ、こわくてしかたない。不安でうずくまりたい。どうしてあのころは、理由《わけ》もなく平気でいられたんだろう。頭が痛くなることもなかった。毛布につつまれるような安心感のなかですごしていたんだ。いつだっただろう。自分が失敗作だって気づいたのは。

ああ、そうだ、好きな子ができたんだっけ。クラスメイトの女の子だ。愛していたんだ。ほんとうだよ。でも、だめだった。おもいだすと、吐き気がしてくる。ひどいことを言われたんだ。家に帰りたい。母さんや父さんに会いたいよ。抱きしめてほしいんだ。よくがんばったって言ってもらいたい。たすけてくれ。帰らせてほしい。でも、無理なんだ。あの家は、もうどこにもないんだ。玄関扉は、ばらばらにくだけて、薪《たきぎ》にでもされたんだよ。きっと全部、燃えてしまったんだ。

まて。今、外で物音がしなかったか?

＊＊＊

電気のメーターはとまっている。ということは、やっぱりここは空き家なのだろう。

玄関扉の鍵穴に、鍵の先端をあてた。雑木林の隙間からもれてきた夕日が、銀色の鍵の表面に反射して赤くかがやいた。しかし、ほんの数ミリだけ鍵穴に入ったところでとまる。それ以上はどんなに力をこめても奥へ行かない。僕は息を吐き出した。どうやらこの家の鍵でもなかったらしい。今日はもう、帰ることにしよう。おそくなったら、母が夕飯にラップをかけて、また居眠りをしてしまう。塾のない曜日にいつまでも帰宅しないと、僕の行動をあやしんで、詮索《せんさく》するようになるかもしれない。

引き返そうとして、足をとめた。

そういえばまだ勝手口の扉をしらべていない。この地区には、玄関扉とは別に、勝手口のある家がおおかった。ひとつももらさずに鍵穴をしらべておきたい。よし、決めた。念のため、そちらにも鍵をためしてみよう。

家の壁にそって移動をはじめる。勝手口はどこだろう？　家の周囲には、膝丈くらいまでの雑草がのびている。羽虫をよけながらすすむ。雑木林のせいでうす暗かったが、まだ視界はだいじょうぶだ。

窓の前を通りかかったとき、ぷんと、嫌なにおいを感じた。

食べものでも腐っているのだろうか。窓は開け放たれていた。においはどうやら、屋内からただよってくるらしい。つま先立ちをして、なかをのぞいてみる。どうやらそこは台所のようだ。電気はついていなかったが、何も見えないというほどではない。あきらかにつかわれていないガス台や水回り、年代物の古い冷蔵庫や炊飯器が見えた。よごれた布の塊がまるめられて部屋のすみによせられている。だれかの服のようだったがよくわからない。一対のスニーカーと、小さめの茶色い鞄《かばん》がころがっていた。鞄のほうは中身がぶちまけられており、化粧品や財布などが散乱している。テーブルの上に、コンビニの袋や、食べかけのパン、ペットボトルの水や、大量のビールの空き缶がのっている。今にもゴキブリが出てきそうな不潔さだ。床に土埃《つちぼこり》がかぶっており、靴跡や、なにかをひきずった跡がある。黒い染みがところどころにひろがっていた。かすかにさしこんでくる夕日のせいでそう見えるのかもしれないが、その染みは赤黒い。

血がひろがって、土埃とまじりあいながら、変色したような色だ。

なにかをひきずったような跡は、冷蔵庫につながっていた。冷蔵庫の棚板らしきものがとりはずされて横にたてかけられている。なぜ、そうしてあるのだろう？　もしかしたら、大きなものを冷蔵庫に入れなくてはならなかったのではないか？　棚板がはまっているのが、邪魔だったのではないのか？

冷蔵庫の扉に、黒い糸状のものが無数にはさまって、たれ下がっていた。

どうやらそいつは、きちんとなかに入れてもらえないまま扉を閉められたせいで、このように冷蔵庫からはみ出してしまったのだろう。

僕にはそれが女性の長い髪の毛に見えた。

＊＊＊

……もうだめだ。あの少年が、きっと全部、しゃべってしまうにちがいない。もうだめなんだ。きっとすぐに警察がやってくる。拳銃をもった警官たちが大勢、この家をとりかこむにちがいない。パトカーだってやってくるだろう。逃げ切れるだろうか？　それともここで死ぬべきだろうか？　ガソリンをかぶって火をつけるか？　いや、まだ、わからない。あの少年がどうなったのか、最後まで見とどけないまま、ここにもどってきてしまった。野次馬がいたんだ。車から人がおりてきて、近所の家からも、だれかの出てくる気配がした。だからひきかえしてきたんだ。もしも人がいなかったら、あの少年をつかまえて、口をふさぎ、この家につれてくるつもりだった。でも、逃がしてしまったよ。

さっき、外で物音がしたんだ。だれかが来たのかもしれないとおもって、物音の原因を確認することにしたんだよ。勝手口からそっと抜け出して、外壁にそって移動した。すると、角をまがったあたりから、息をのむような気配がつたわってきたんだ。女の喉《のど》もとにナイフをつきつけたときとおなじような、恐怖で声も出せないときの人間の反応さ。

今にしておもえば、あの少年は、窓から台所をのぞきこんでいたんじゃないだろうか。

この数日間、ずっと気にもとめなかったんだが、台所の床にはところどころ血が落ちてるし、冷蔵庫からあの女の髪の毛がはみ出ていたんだ。それを見て、この空き家でおかしなことがおきてるって、気づいてしまったんだろうな。

髪の毛が出てるくらい、いいじゃないか。見逃してほしいよ。死体が冷蔵庫に入ってるだなんてこと想像するかい？　でも、死体の腐ったにおいがひどかったし、相手は想像力のたくましい年頃の少年だったんだ。だから、ぴんと来たんだろうな。

今、後悔している。すぐに飛びだしていたなら、その場で少年をはがいじめにすることができたかもしれない。だけどそうしなかった。気配がつたわってきたあとも、外壁にぴたりとくっついて様子を見ることにしたんだ。

理由がある。角を曲がったところにいたのが、警棒をもった警官だという可能性もかんがえていた。気配を感じたとき、まだそいつの姿を目で確認していなかったんだ。ただの少年だってことをしらなかったんだよ。だからおそるおそる、気づかれないように、そいつの姿を確認しようとしたんだ。手強《てごわ》そうな警官だったら、そいつがちかづいてくるのを待って、ふいうちをくらわせるつもりだったんだ。

そのときだ。雑草をかきわけてはしり出す音が聞こえてきた。そいつは逃げだしたんだよ。悲鳴もあげていた。言葉にならないようなわめき声だ。追いかけようとしたが、すでにそいつは車の横を通りすぎて、姿がずいぶんちいさくなっていた。そのときはじめて、その場にいたのが、小学生の男の子だってことがわかった。黒いランドセルを背負っていたからね。もちろん、そのままあきらめたわけじゃない。大人の足なら追いつけるはずさ。

コスモスの咲きほこっている土手が、夕焼けにそまっていたよ。風にふかれて、ゆっくりと植物がゆれていた。西の空は、ずいぶん暗くなって、星がかがやいていた。まるで宇宙のようだったよ。雲が紫色をしていたんだ。少年は土手をおりて民家のあるほうへはしっていく。全部が美しい光景だった。音楽を聴きながらその光景を見られたら、どんなに幸せだっただろう。

追いかけてくる気配がつたわったのだろう。何度かこちらをふりかえっていたよ。顔を見られたんだ。いや、どうかな。夕日を背負うような恰好《かっこう》で追いかけていたから、少年にとってこっちは、全身が真っ黒な影のようにしか見えなかったかもしれない。顔を見られていたらやっかいだな。

少年はさけんでいた。死にものぐるい、という表現がぴったりの様子でね。腹の底から、たすけをもとめていたんだ。でも、民家のある地域にはいってすぐに追いかけっこは終わった。

ドン、という音がして、少年の体が、はじきとばされたんだ。急ブレーキをかけて車が停車した。全速力ではしっていた少年は、車が来ていることに気づかないで十字路を直進しようとしたんだよ。それでぶつかってしまったんだ。人があつまってくるのが見えた。それから少年がどうなったのかはわからない。確認しないまま、ここにもどってきてしまったから。

やっぱり、もう、だめだろうな。死ぬしかない。くたびれたんだ。はやいところ楽になりたいよ。それとも、正直に全部、警察に話したら、意外とだいじょうぶなんじゃないだろうか。あわれんで見逃してくれるかもしれないね。頭痛をとめるためにしたことなんだ、それならしかたないって、わかってくれるかもしれない。

頭痛をとめるため？　どうして、頭痛をとめるために女を……？　なんでだ……？　そうだ、ナイフだ！　そいつをさしこんで、うまく形が一致したら、肋骨が、ぱかっと開くようになってたんだ。……ぱかっと開く？　人間の体が？　自分は何を言ってるんだ？　あ、そうか！　そういう夢を見たんだっけ！　鍵と鍵穴の関係さ。うまくいったら、なにもかも、願いがかなうんだ。希望が産まれるんだよ。赤ん坊が誕生するみたいにね。神様にだきしめてもらえるんだ。頭痛はとまるし、子どものころに住んでた家にもどれるのさ。その家にもどって、母さんのつくった料理を食べるんだ。そうなったら、きっと泣いてしまうだろうな。そうさ、犯行の動機を聞かれたら、正直にそう話すことにしよう。紙とペンはないかな。はやいところ書き留めておかなくちゃわすれそうだよ。でも、自分みたいな失敗作の話をしんじてくれるだろうか？

ねえ、きみ……。きみは、どうおもう？

……やっぱり、死ぬしかないみたいだね。もう、終わりにしよう。あの少年が、こっちの顔を見ていたとしたら、どこにかくれても無駄なんだ。そうだ、まずは、見られたのかどうかを、確認しなくちゃいけない。そっとちかづいて、肩をたたいて、ふりむかせるんだよ。少年が、おどろいて、目をまるくしたら、こっちの顔を見られているってわけだ。そのときは、かくしもったナイフでひと突きするんだよ。でも、少年がこっちの顔を見ても、無反応だったなら、ほうっておけばいい。そのままにしておいてだいじょうぶだ。しばらく潜伏して、さわぎがおさまるのを待っていればいい。

そうさ。

少年に会って、確認するんだ。

それがいい。

………………。

また、頭痛がしてきた。

片頭痛ってやつだよ。

頭に心臓があるみたいに、脈打つんだ。

まったく、ひどい痛みさ……。

4

車にぶつかって気絶してしまった僕は、病院にはこばれる途中で目をさました。すり傷とひどい痣《あざ》をつくっていたが、かんたんな手当てですんだ。警察を呼んでもらい、空き家で目撃したことを説明した。いつのまにか両親や先生が病院に来ており、家に帰ったときはすでに九時ちかくだった。

その晩、警察は空き家の冷蔵庫のなかから女性の死体を発見した。検死の結果、数日前に行方不明となっていた女子大生であることが判明した。しかし犯人は見つからなかった。警察が来る前に逃亡したのだろう。周辺の地域を大勢の警官が捜索したけれど、それらしい人物の行方はわからなかった。

翌日、やさしい口調の女性の警官がうちにやってきて、犯人の身体的特徴や人相について僕に質問した。でも僕はほとんどの質問にこたえられなかった。はしって逃げているとき、追いかけてきた人物こそ犯人だったにちがいない。あのときつかまっていたら、僕はどうなっていただろう？　しかし犯人の顔はよく見えなかったのだ。夕日が犯人の後方にあったせいで、まぶしいやら、影になっているやらで、大体の年齢さえよくわからない。服装の記憶もない。全身が真っ黒の影として脳裏にのこっている。性別だってわからない。そもそも人相を観察するような心の余裕はなく、だれかが追いかけてくるというおそろしさに頭が混乱していたのだ。

犯人逮捕の連絡はその後もなかった。僕は学校に行かず、自宅で待機する日々だった。先生とクラスメイトが、学校でくばられたプリントをもって僕の家に来てくれた。先生の話によると、PTAの緊急集会がおこなわれて、全員、集団下校で帰らなくてはいけなくなったという。

学校や塾へ行かなくていいのは楽だったが、外出しないでいると、鍵穴の調査ができなかった。家を出て、近所を散歩しようとすると母に止められた。

「だめ！　外はあぶないんだから！」

「どうして？」

「犯人がいるかもしれないよ！」

そう言って、玄関扉を開ける前に、母が僕の腕をつかむのだ。

ある晩、両親が寝ているのを確認して僕は外出してみた。ポケットに鍵をしのばせて玄関を出ると、夜の風に全身がつつみこまれた。目的はもちろん、鍵に一致する鍵穴をさがすことだった。

途中で川沿いの地域を通りかかった。土手の先に雑木林がある。月明かりのなか、そのあたりは影の塊のようだった。闇の凝縮した場所に空き家があり、そこで女性が殺されたのである。その家で見たものをおもいだして吐きそうになる。床についていた血の染みや、靴跡、引きずった跡。その空き家で犯人は、何日間も女性の遺体といっしょに、二人だけで夜をすごしていたのだ。いったいどういう心理状態だったのだろう。

突然、頭に強い衝撃が走った。頭をかかえて地面にたおれこむ。何がおこったのかすぐには理解できなかった。後頭部が割れるような痛みだ。鼻の奥から血のようなにおいがする。僕を見下ろすように男が立っていた。右手に、ごつごつとした大きな石をにぎりしめている。

男は街灯に照らされていた。視線がぼんやりとさだまっておらず、どこか遠くを見ているようだった。髭《ひげ》や皺《しわ》、頭髪の量などから、五十歳くらいだろうかと判断した。染みだらけの服からは、ぷんと悪臭がただよってくる。

恐怖で声が出なかった。逃げようとしても体がうごかない。さだまっていなかった男の目が、ゆっくりと僕にむけられる。犯人だ。男は僕の上に乗った。馬乗りになり、その重みで内臓がはれつしそうになる。石をにぎった男の右手が高々とふりあげられる。月と右手がかさなって見えた。僕はさけんだ。直後に石がふりおろされ、頭にたたきつけられる。

頭をおさえて、僕はうめき声をあげる。痛くはない。自分の部屋のベッドで僕は横になっていた。全身から汗がふきだして、枕《まくら》やシーツがぬれている。今のが夢だとわかっても、ふるえがとまらなかった。

母の言うとおり、外出するのは危険だ。犯人は僕に顔を見られたとおもいこんでいるかもしれない。女性を連れ去って殺すようなやつだ。僕が警察に人相を話す前に、口封じのために殺そうとかんがえるかもしれない。僕の名前や住所は、マスコミのふりをして近所の人に聞けばかんたんにわかるはずだ。遺体発見に貢献した少年についてしりたい、と質問するだけでいい。近所のおしゃべりな人がすぐにおしえてくれるだろう。

それ以降、恐怖におびえてすごした。今にもあの男が目の前にあらわれるような気がしてならない。部屋から一歩も外に出ないことにした。家のなかだからといって安心はできない。あの男は家に侵入し、部屋までやってきて、ねむっている僕の頭に石をふりおろすかもしれない。部屋のドアには鍵が付いていなかったので、机や本棚でバリケードをつくった。

食事や水を母が部屋の前に置いてくれた。廊下が無人であることを確認して、手早く部屋のなかに入れる。トイレに行くときも、廊下にだれもいないことをたしかめてかけこんだ。

一週間ほど経過して、犯人が逮捕されたという話を聞いた。

部屋の扉がノックされて、母がそのことをおしえてくれたのだが、嘘ではないかという気がしてならなかった。

僕を部屋から出すために、そのような嘘をついているのではないのか？　あるいは、背後に犯人が立って、母の喉もとにナイフかなにかをつきつけているのではないのか？　僕を部屋から出して殺すため、無理矢理に母はそのようなことを言わされているのではないのか？

あと三日間だけ、この状態で様子をみることにした。

自分の部屋に、テレビやラジオを持ってきてもらうべきだった。

携帯電話や、インターネットにつながっているパソコンでもいい。

ほんとうに犯人が逮捕されているのかどうかをしりたかった。

でも、部屋のなかにいるかぎりは、なにもわからない。

扉ごしに母と会話をした。

母はすすり泣くような声で、部屋から出てきてほしい、ということをうったえる。

それが、犯人に言わされているのかどうか、判断できない。

でも、妙なことがある。

父がいないのだ。

昼間は会社に出かけているだろうから、母の声しか聞こえないのはわかる。でも、夜のうちなら、父も帰宅して、扉のむこうから話しかけてくれてもいいはずだ。

「父さんは？　父さんはどうしたの？」

扉ごしに母へたずねてみる。

出張に行ってしまったから、父は家にいない、というような返事がある。

もしかしたら、すでに殺されているのかもしれない。

父のことをたずねた翌日、母の声もしなくなった。

大声で呼んでみても返事がない。

家のなかで人のうごいている気配がない。

買い物に出かけたのだろうか？

数時間、待ってみたが、もどってくる様子はない。

いつもなら聞こえてくる足音や掃除機の音もしない。

うずくまり、恐怖と空腹にたえながら時をすごす。ずっと両親のことをかんがえていた。涙がこみあげてくる。どうしてこうなってしまったんだっけ？　どうして今、僕は、母や父の前にいないんだっけ？

三人でおなじ部屋にいないことが不可解でならない。

そもそも、それ以前から僕たちは三人でいたことなんてあっただろうか？

父は会社がいそがしくて、帰るのは夜おそい時間だ。僕と母のふたりだけでいつも夕飯を食べた。父の顔を最後に見たのはいつだろう？　僕の生活のなかで、父とすごす時間はおどろくほどすくない。

父にくらべたら母の顔を見ることはそれなりにあった。でも、僕は母とどんな会話をしていただろう？　僕が今、どんなことに熱中しているのかを母はしらない。鍵をひろって、それに一致する鍵穴をさがしていることなんて話していない。僕はいつも、母が好みそうなことしか言わなかった。母が満足するように学校でいい点数をとり、塾で勉強し、何の後ろめたいこともない少年をよそおった。

ほんとうのことを、僕は、どうして言えなかったのだろう。自分はそんなによい子じゃないってことを。自分は優等生でもなんでもない、みんなの顔色をうかがって暮らしているだけなんだってことを。

母が落胆してもいいから、僕は言うべきだったのではないか。価値が暴落してもいいから、僕は自由に、胸の内側で感じたことを、おもったことを、つたえたいことを、言葉にしたいことを、口にするべきだったのだ。

僕はそうしてもいいのだ。
僕はそうしたかったのだ。
たちあがり、扉の前においていた机や棚をどける。
「母さん！」
大声でさけんだ。家中に聞こえたはずだが、返事はない。
やりなおしたい。
やりなおせるとしたら、
僕はきっと、
母がのぞむような子どもじゃなくなっているだろう。
それでも、面とむかって僕たちは、話をしなくちゃいけない。
部屋を出て、僕は、会いたかった。
これまでのことをあやまって、父と母を、一回ずつ抱きしめたかった。
しかし、

扉を開けようとしたのだが、
様子がおかしい。
扉がびくともしない。
ドアノブさえ、かたまったようにうごかない。

いつのまにか
扉に
鍵穴がついていた。

今までそこに
鍵穴なんて
存在しなかったはずなのに。
もしかしたらとおもい、
ポケットに入れていた鍵を
とりだしてみる。
光沢を帯びた鍵の、
ノコギリの歯みたいにカットされた先端部分を、

鍵穴に差しこんでみる。
ほとんどなんの抵抗もないまま、
奥へ入っていった。

深呼吸して、
ゆっくりと回転させる。

カチリと、
錠の外れる音がする。

鍵が開いた。

ドアノブに手をかけてみると、
今度はうごく。

ゆっくりと、
扉を開けてみた。

僕の中で

何かが

うごきだす。

それは急速に

大きくなり、

僕の意識は

飛んだ……。

5

目がさめたとき、僕はベッドに寝ていた。自分のベッドではない。まわりにおいてある機械を見て、そこが病院だということがわかった。そばに母がいて、僕が目ざめたことに気づくと、あわてて医者を呼んでくれた。

はじめのうち、頭がぼんやりして、なにもかんがえられない状態だった。頭を掻《か》こうとしたら、包帯が巻いてある。母が状況を説明してくれた。僕は交通事故に遭って頭を打ち、半日間、気絶していたらしい。夢のなかでずいぶんな日数をすごしたような気がしていた。しかし僕が目をさましたのは事故に遭った翌日の早朝六時だった。一晩を病院のベッドですごしていたにすぎなかった。

頭痛がした。

車にはねられて、頭をひどく打ったらしい。

医者から様々な診察をうける。

目がきちんと見えることと、耳が聞こえること、自分の名前をはっきりと言えることがわかって、母は、ほっとしていた。

病室で母とふたりきりになる。

「そういえば、この鍵ってなに？　ずっと大事そうに、にぎってたけど……」

母が鍵をとりだす。キーホルダーもついていない、どこにでもあるような銀色の鍵だ。

僕はそれをうけとってながめた。

「これは、部屋の鍵」

「だれの？」

「僕の部屋の」

母は顔を青くさせた。

僕の部屋の扉に鍵なんてついてないことは母もしっている。

「頭が……」

「頭はしっかりしてる。冗談だよ。なんでもない。これ、ひろったんだよ。僕の宝物なんだ」

母は安堵《あんど》するように頬《ほお》をゆるめた。

「なんだ、そうか。それなら、よかった。へえ、宝物？」

「これのこと、もっと聞きたい？」

そうたずねると、母はうなずいた。

「うん。聞かせて」

そこに、連絡を受けて父がやってきた。僕の様子を見て、ほっとしたような表情になる。

ひとしきり父母と会話して、重大なことをおもいだしたのはそのあとだった。僕は警察を呼んでもらった。民家で目撃したことを話すためである。まだ父母は、僕が事故の直前に何を見たのかをしらない。僕が警察に報告したのは夢のなかでのことだ。この町でおそろしいことが起きていたことを、まだ、だれもしらないはずだった。しかしそのとき、すでに事件は終結していたのである。

その火災が起きたのは、僕が病院のベッドでねむっていた深夜の時間帯である。夕方に交通事故の起きた十字路から百メートルほどしかはなれていない場所で火の手はあがった。雑木林にかこまれたその民家は、二十年ほど前から空き家になっており、普段、気にかける者はいなかった。炎のいきおいはすさまじかったが、近隣の家に飛び火して火災の範囲がひろがるようなことはなく、消火作業の末に、空き家と周囲の雑木林が燃えただけで鎮火したという。焼け跡の実況見分がおこなわれたのは翌朝だった。僕が病院で目をさましたのと前後して、男女の遺体が焼け跡から発見された。

女性の遺体は冷蔵庫のなかに押しこめられていた。こちらは火事による損傷がすくなかったらしい。冷蔵庫内に入れられていたことで、炎から守られたのだろう。検死の結果、火災の起きる数日前にすでに死亡していたことや、そのおそるべき死因についても判明した。ほどなくして彼女が、行方不明になっていた女子大生だとわかり、世間をにぎわせることになる。

男性の遺体については損傷がはげしく、性別くらいしかわからなかったという。男は出火元の中心に横たわっており、ガソリンをかぶって自ら火を放ったのだろうと推測された。遺体のそばに焼けて煤《すす》だらけになったナイフがころがっており、その形状と女性の体の傷が一致したことから、犯行につかわれた凶器だとかんがえられている。また、空き家の庭先に車がとまっており、これも燃えて真っ黒な残がいになっていた。その燃え方がひどいことから、男は自殺する前に車内にガソリンをまいて証拠《しょうこ》湮滅《いんめつ》をはかったのではないかと言われている。犯行の理由については、なにもわかっていない。男は身元不明のまま、この世からいなくなったのである。

犯人が自殺したことについて、僕はすこしだけ責任を感じていた。男がガソリンをかぶって火をつけたのは、僕に隠れ家を発見されたからにちがいない。僕が警察に話して、つかまることをおそれたから自殺したのである。そのことを母に相談して、話しあってみると、すこしだけ心がかるくなった。

大きな怪我《けが》もなく、すぐに学校へ復帰できたのだが、最初のうちクラスメイトたちは僕に対して腫《は》れ物にさわるような印象で距離をおいていた。午前中の休憩時間になると、いつも僕の宿題をうつしていた友人が、おそるおそる声をかけてきて、空き家で目撃した光景について質問した。話しているうちに、クラスメイトたちがいつのまにか周囲にあつまってきて聞き耳をたてていた。冷蔵庫から黒髪がたれていたことや、犯人に追いかけられたこと、車にはねられたことを説明し終えたとき、なぜかはわからないが、僕はみんなから拍手をもらった。

それ以前と、それ以降とでは、ほんのすこしだけなにかが変わった。

たとえば両親との関係性。

クラスメイトや先生との関係性。

それらはあまりに微妙な変化で、普段は気にもとめない。

塾をさぼって友人といっしょにバスで遠出をしてみたり、父とふたりだけで映画を観に行ったり、授業中に新品の携帯電話でメールを打っているのがばれて先生に肩をすくめられたり……。

いくつかの出来事をあとでおもいかえしてみると、以前はそういうことをしなかったし、できなかったなと気づくのだ。

時間が経つにつれて、事件のことを話す人もすくなくなり、文善寺町は日常をとりもどした。そんなある日のことだ。学校帰りに市立図書館へ立ちよる機会があった。班ごとに町の歴史をしらべて大きな模造紙にまとめるという宿題が出されたのである。僕をふくめた男女六人のグループで文善寺町の歴史に関する本を図書館内でさがしていたら、しっている顔が通りかかった。その人は、うちの近所に住んでいる女の人で、図書館職員だという噂《うわさ》は聞いていたのだが、実際にはたらいているところを見るのは、はじめてだった。

「あら、高田さんちの……」

その人は、僕を見つけると、たちどまってわらいかけてくる。名札に【ヤマザト】と書いてあった。彼女の本好きは近隣の住人でしらない者はいなかった。どれくらい本が好きなのかというと、段ボール箱に入って捨てられている本を見かけたら、かわいそうになり、ひろって持ち帰るほどである。「捨ててきなさい！」と親に反対されても、彼女はあきらめず、引き取り手をさがす貼《は》り紙をつくって電柱に貼っていたという。しかしこれらは噂話であり、事実ではないと主張する人もいる。もっとも、本を読みながら道をあるいていて何度も車にひかれそうになったという話はどうやら事実らしく、実際にひかれたことも二回ほどあるという。交通事故に関しては完全に僕よりも先輩である。

そのヤマザトさんと、本棚にはさまれた通路で立ち話をした。

「勉強に来たの？」

「宿題が出たんです」

「大変な目にあったって聞いたけど、もうだいじょうぶなんだね」

「はい、なんとか」

そのとき、ヤマザトさんの足もとが視界に入る。

彼女の履いているスニーカーに見覚えがあった。

「どうかした？」

「……いえ、別に」

話題にするほどのことではない。僕が口を閉ざすと、妙な沈黙がつづいた。ヤマザトさんは、どう誤解したものやら、あせったように言った。

「へ、変かな、この靴！　この前、買ったんだけど……！　やっぱり、変かな！」

「変じゃないです！　ただ、ちょっと、前にも見たことがあって……。この前の事件で、あの空き家にころがってたんです」

おもいきって打ち明けてみた。窓から台所をのぞきこんだとき、異臭のなかで僕はそれとおなじスニーカーを見たのだ。台所の片隅によごれた衣類の塊が寄せられていて、そのそばにころがっていた。ヤマザトさんが履いているものは、色、素材、ライン、全部がそのスニーカーと一致している。

「きっと、殺された女の人が、履いていたのだとおもいます」

自分の靴が、殺人事件の被害者が履いていたものとおなじデザインだと言われて、気分を害するのではないかと心配した。だから話題にするのはやめたのである。しかしヤマザトさんは、ほっとしたような顔をする。

「なんだ、そうか。心配した。この靴、変なのかとおもったよ。だいじょうぶ、それは被害者の靴じゃないとおもうよ」

「え？　どうして？」

「被害者はヒールを履いてたって、ニュースで言ってたから」

「そうでしたっけ？」

「うん。まちがいない」

　そういえば、庭先にとまっていたワンボックスカーの車内をのぞいたとき、ヒールの靴を目撃した気がする。そちらの靴こそが被害者のものだったのだろうか。

「つまり、高田君がその日に見たスニーカーは、犯人のものだったってことかな。おなじデザインのものが、男性用にもあるから」

「でも、変ですね。台所の床に、靴跡がのこっていたんです。何かをひきずった跡といっしょに、はっきりと見たんです。だからきっと犯人は、土足で家のなかをあるきまわっていたはずなんです。床は土埃でずいぶんよごれていたから、靴を脱いで、靴下やはだしであるいていたとはおもえないし。それとも犯人は、二足の靴を持っていて、日によって履きかえていたのかも……」

「それか、もう一人、あの家の中にいたんだよ」

　ヤマザトさんは冗談めかして、何気なくそう言った。

「え？　三人目ですか？　何のために？」

彼女は肩をすくめる。

「さあ、わからないけど……」

犯人と被害者のほかに、三人目が、もしもいたのだとしたら。

それは、犯人に協力していた友だち？

被害者と同様に拉致《らち》された不運な人？

次に殺されるはずだった被害者候補？

それとも、あの日の僕みたいに、偶然、隠れ家を発見してしまい、つかまってしまった人？

「さみしさをまぎらわせるために、話を聞いてくれる相手がほしかったとかね」

その人は、手足をしばられて、猿ぐつわをされて、お風呂場かどこかに監禁されていたとでもいうのだろうか。そこで、犯人の身の上話を聞かされていたとでも。

「あるいは、トカゲの尻尾《しっぽ》みたいなものかも……」

ヤマザトさんは、自分の履いているスニーカーを見下ろす。

トカゲの尻尾？　どういう意味だろう？

聞き返そうとしたとき、おなじ班のクラスメイトがやってきて僕の名前を呼んだ。資料さがしに行ったままもどってこないので、宿題をさぼってあそんでいるとおもわれたのかもしれない。話のつづきを聞いてみたかったが、あきらめることにする。ヤマザトさんに会釈《えしゃく》をした。

「もう、もどります」

「宿題、がんばってね」

クラスメイトのところにもどると、あつめた資料から大事そうなところを抜粋してノートに書きうつした。実におもしろくない作業で、そもそもどれが大事な箇所なのかもよくわからない。それでも、友人と勉強するのはたのしかった。ねむそうにしている友人にむかって、おなじ班の女子が消しゴムのカスをとばし、僕もいっしょになってくすくすとわらった。

宿題がおわり、図書館を出ると、すでに西の空が赤みをおびていた。おなじ班のクラスメイトとは図書館の前でわかれて、全員がそれぞれの方角へ散っていく。

影が長くのびていた。街灯が明るくなって足もとを照らす。商店街をぬけるとき、スーパーの買い物袋をさげた主婦や、部活帰りの中学生の集団とすれちがう。人通りがおおく、にぎやかな通りだった。ポケットをさぐって銀色の鍵を取り出し、それをながめてあるいた。鍵に一致する鍵穴は、結局、夢のなかでしか見つかっていない。最近では鍵穴の調査もしなくなった。

鍵をながめていたせいで、前方不注意になり、女の人にぶつかってしまった。鍵が地面に落ちて澄んだ音をたてる。

「わあ！　ごめんなさい！」

おろおろした様子で、その人が鍵をひろってくれた。

「はい、これ。家の鍵？」

「いえ、そういうわけじゃ……」

言いかけて、おもいなおす。

「あ、やっぱり、はい、そうです、家の鍵です」

説明が面倒なので、そういうことにしておこう。

そうだ、これは家の鍵だ。

僕の家の鍵。

これからは人に聞かれたら、そう説明することにしよう。

鍵穴をさがすより、ほかにもっと、たのしいことや、時間をついやしたいことができた。だからもう、この鍵がおさまるところをさがすことはしなくていいのかもしれない。

それでも、肌身離さず持ちあるいている。これは僕の家の鍵なんだ。

女の人から鍵を受け取り、お礼を言って、家の方角にむかってあるきだす。

ところで。

もしもほんとうに三人目が実在したとして、その人物はどこへ消えてしまったのだろう？　焼け跡から見つかった死体はふたつしかないのである。たとえば、見つかった男の死体は、実は犯人などではなく、三人目の人物の死体だったとしたら？　ヤマザトさんが口にした、トカゲの尻尾というのはつまり、そういうことではないのか？　三人目の死体は、自分の死体だとおもわせて、逃げ切るための要員だったのだ。はじめからそのために用意された人物だったのだ。もしもそれが正解なら僕は危険だ。なぜなら犯人は、僕に顔を見られたとおもいこんでいるかもしれない。人相をしっている唯一の人間だと決めつけているかもしれない。

でも、焼け跡の死体が犯人のものだと報道されているのだから、まともな思考の持ち主なら、このまま何もせずにほうっておいてくれるだろう。僕が顔を見たのかどうかをたしかめるために、わざわざ文善寺町にもどってくることはないはずだ。

もちろん、すべては推測である。

三人目なんているわけがない。

あるきながらふりかえると、鍵をひろってくれた女性が、まだ商店街の片隅に立って僕のほうを見ていた。大勢の人が行き交っているなか、一人だけ直立して、猫をおもわせる目を僕のほうにむけていたのだが、やがて彼女は、顔をしかめて側頭部のあたりを手でおさえた。

夕焼け空の高いところで星がかがやいている。紫色の雲がまるで、天体写真集に掲載されている星雲のようだ。神様がいるとしたら、きっとああいう場所にいるのだろう。

その女性は、とんとんとん、と側頭部を手のひらでたたく。頭が痛くてたまらない、とでもいうように。そうしながら僕に背中をむけると、商店街の雑踏のなかへ消えていき、すぐに見えなくなった。

王国の旗

1

ポケットのなかで携帯電話がふるえて目がさめる。メールだ。送信者は橘敦也《たちばなあつや》。【いまどうしてる?】。携帯電話の画面の明かりが、私のいる場所をてらす。返事を書いて送信した。【車のトランクなう】。表示されているデジタル時計をチェックする。もう二十三時だ。

おもいきり背伸びをしたかったが、車のトランクにそのスペースはない。私は胎児のようにまるまってあくびをもらす。二度寝をするかどうかまよった。車はもう走行していないらしい。すこし前にあさい眠りだったときは、加速したり、ハンドルがきられたりする印象を体にうけていた。しかし今はそれがない。ただしエンジンはかかっているようだ。トランクのカーペットの下をさぐる。そこにはワイヤーがあって、引っ張ると鍵《かぎ》が開くようになっている。今どきの車にはめずらしくない。がちゃ、と小気味のいい音をたててトランクがひらいた。

外に顔を出す。夜の冷たい空気が頰《ほお》にはりついた。ひさしぶりの外気だ。息をすいこむ。そこはうす暗い高架下だった。錆《さ》びついた金網が高架にそってのびている。夏には生い茂っていたであろう雑草たちがそこらじゅうで枯れていた。トランクからはい出ると、靴の裏側に砂利を踏む感触があった。

運転席をのぞいてみる。だれも乗っていない。鍵がささり、エンジンをかけられたまま車が放置されている。私はこの車の主をまだ一度も見ていない。まいったな、ここはどこだろう。

オレンジ色のナトリウム灯に照らされて、高架下の落書きがいくつも見えた。ストリートアートみたいなデザインの落書きではない。小学生が描いたようなものばかりだ。タッチも描いてあるものもばらばらだが、どれも絵のどこかに王冠が描かれている。絵本に出てくる王様がかぶっているような黄色の王冠だ。

こつ、こつ、と音がした。車のそばに少年が立っている。私をふりかえらせるために、車の窓ガラスをノックしたらしい。十二歳くらいだろうか。生意気そうなほそい目の髪の長い子だ。ウィンドブレーカーを着ている。明かりのせいで全部オレンジに見えるから服の色はよくわからない。「なにしてるの？」。少年がたずねる。橘敦也のメールとおなじ質問だ。「男って、ちいさくても、おおきくても、女が今なにをしてるのかききたがるもんなの？」。私は返事をする。「僕は、あんたが女だからきいたんじゃないよ。こんな時間、こんなところに一人っきりで立ってる人がいたら、だれにだって声をかけるよ」「そうね、ごめん」「見たところ、高校生だね」「私が制服マニアでなければ、きっとそうだね」「それで結局、ここでなにしてるの？　道にまよったの？」「別に。ドライブ中なだけだよ」「こんな時間に？」「そうよ、わるい？」「こんな場所で？」「どこに行こうが勝手でしょ」「トランクのなかでドライブ？」。どうやら、トランクから出る場面をしっかりと目撃されていたらしい。

今日の昼ごろ、授業が退屈で、学校をぬけだした。行き場のない私の目の前に鍵がさったままの車があった。トランクにしのびこんで昼寝をしていたら、車がうごきだしてしまい、出るに出られなくなったので何時間もじっとしていたのだ。それが真実だったけど、せっかくなので脚色してみる。

「誘拐されちゃったんだ、私」「あ、そう。大変だね」「まったく、こまっちゃったよ」「身の代金、はらわなくちゃね、あんたのお父さんとお母さん」「どうかな。たぶん、はらってくれないよ」。親の顔がうかんで、胸がざわつく。「だいぶ、値引きしてもらわないとね」。最近、父母と喧嘩《けんか》ばかりしているのでそうおもってしまった。

少年が何かを言いたそうに私の顔を見ていた。冷たい風が通りすぎて私はくしゃみをした。「寒いの？」「鼻水たれてきた」「きたないよ、お姉さん。名前は？」「小野早苗《おのさなえ》。あんたは？」「ミツ」「苗字《みょうじ》は？」「あるけど、本当の苗字じゃないから」。ややこしい家庭なのだろうか？　ミツ少年が私の手をとってあるきだす。「小野さん、おいで。あったかいところに行こう」「このマセガキ」。しかし少年の手はあたたかくて悪い気はしなかった。

高架下を抜けて、よくわからない名前の駅前を通る。駅はもうまっ暗で、廃墟《はいきょ》みたいにひっそりしている。駅前から今度はどこかのアーケード街。こちらはもうしわけ程度に明かりはついているけれど暗いことには変わりない。パチンコ店や洋服屋やドラッグストアやゲームセンターが、もう二度と開店しないみたいに、電気をぜんぶ消して眠っている。いくらおそい時間でも、ゲームセンターぐらいやっててもいいのにとおもったが、地方だとそんなこともないのだろうか。それにしても人がいなかった。十分ほどあるいているはずなのにだれも見かけない。私たちの吐く息は、寒さのせいで白かった。「いつまであるかせるつもり？」「もう、すぐそこ。そういえば小野さん、車はあのままでよかったの？」「うん。しらない人のだし」「誘拐犯、おこらないかな？」「たぶんね。だいじょうぶでしょう」。車のことは、すっかりわすれていた。持ち主がだれなのか、ということや、だれが運転していたのか、ということや、なんのためにあそこへ駐車されていたのか、ということが、その後、頭をよぎることはなかったし、私には何の関係もなかった。「着いたよ」。ミツ少年は立ち止まって、ポケットから銀色の鍵を取り出す。目の前にあったのは古びたボウリング場だった。

駐車場を横切って角張った建物にむかう。屋根に巨大な白いピンがのっていた。何やら英語で店の名前が書いてある。ミツ少年は正面のガラス扉に鍵をさしこんで開けた。彼に誘われて屋内に足を踏み入れる。まっ暗だったが、駐車場に立っている外灯の光が、ガラス扉を通して入り口周辺を照らしていた。椅子《いす》が無造作にななめにおかれていたり、ひっくりかえったりしている。営業していないことはあきらかだ。レーンがずらっとならんでいるようだが、暗くて遠くまでは見えない。

「ちょっとまってて」。私をのこしてミツ少年は受付カウンターの奥に消えた。「すぐ、帰ってきなさいよ」。少年の消えた方向に声をかける。三十秒間、ボウリング場にたちこめている暗闇と見つめあった。だんだん不安になってくる。少年はもう帰ってこないんじゃないだろうか？

風の吹く音が外から聞こえてくる。

がたん、と物音がした。レーンがならんでいるはずの暗闇からだ。だれかがいる。耳をすますと、複数の人間がささやきあっているかのような気配を感じた。そのときはじめて気づく。床にふりつもった砂埃《すなぼこり》に、無数のちいさな靴跡がある。子どもが裸足《はだし》であるいたような形跡もある。

いきなり、バチンと低い音がひびいて視界が真っ白になった。天井の照明が、かがやいている。今まで暗くて見えなかったボウリング場の屋内が遠くまで見渡せるようになった。

子どもたちが、わんさかいた。全部で五十人くらいだろうか。女の子も、男の子もいる。ボールの棚の背後にかくれている者や、レーン奥のボールがすいこまれていくところから顔だけだしている者など、居場所は様々だった。今にもふきだしそうな男の子の口を、女の子たちが三人がかりで手をあててふさいでいる。全員が私のほうを見て、わらいをこらえている。「えーっと……」。私が頭をかくと、ついに男の子の一人がぷっとふきだして、それにつられて全員がいっせいにわいた。

「わらうなよ」「ごめん」「ばか」。会話がそこら中から聞こえてくる。「見つかっちゃったね」「あー、死ぬかとおもった」「だって、おまえが、おすから」「ふざけんなよ」。言葉たちが壁にひびいて渾然一体《こんぜんいったい》となり、おおきな音のうねりとなる。年齢はばらばらだったが、ミツ少年よりも体の大きな子はいなかった。

追いかけっこをはじめた数人をのぞいて、私の周囲にあつまってくる。全員、好奇心むきだしの表情だ。私はあとずさりした。「お姉さん、名前は？」と、少女の一人に質問される。「小野早苗だけど」という返事の途中でもう次の質問がよせられる。「何歳？」「どうやってここに来たの？」「ミツくんのしりあい？」。いっせいにいろんな方向から声をかけられて、わけがわからなくなる。

「あ、ミツ」と、集団のはしっこにいたメガネの少年がカウンターのほうをむいて声をだす。いつのまにかもどっていたミツ少年がすこしはなれたところで腕組みしてさわぎを見物していた。彼はメガネの少年にむかってかるく手をあげながら「やあ、ハチ」と返事をする。ハチというのがメガネの少年の名前なのだろう。二人あわせてハチミツじゃないか。
「なんなの、この子たち」。私はミツ少年につめよる。私の後ろを、大勢の子どもたちがついてくる。「全員、小野さんのことをしりたがってるんだよ」「なんでこの子たち、かくれてたの?」「だれかが入ってきたら、息をひそめてかくれることにしてるんだ」「なんのために?」「びっくりさせるためにだよ。びっくりした?」「もうすこしで、吐くかとおもった」「それはよかった」。ミツ少年は満足そうにうなずいて言った。「僕たちの王国にようこそ」。

2

一番奥のレーン上に、白いピンがずらっとならべられている。あんまり整然としているので、どこかの国の兵隊をおもいだす。電気がつくのと同時にエアコンもうごきはじめたらしく屋内はあたたかい。子どもたちはひとしきり私を質問攻めにしたあと、数人ずつのグループをつくってあそびはじめた。男の子たちはレーンの先のぽっかり空いた闇を出入りしてかくれんぼをしているし、女の子たちはボウリングのボールに目鼻を描いて顔にしている。

受付カウンターのそばの椅子に腰かけて、パイプだらけの天井をながめていると、小学一年生か二年生くらいの女の子が上目遣いでちかづいてきた。彼女の服の襟元にリボンの飾りがついているのだが、それがほどけてしまったらしく、これを蝶結《ちょうむす》びにしてほしいというお願いをされた。彼女自身はまだ蝶結びができないほどおさないのだ。私は身をかがめて彼女のリボンをむすんであげた。そばで見ていた女の子たちが、「わたしのもむすんで！」「リボンにして！」と言いながら、何の問題もなくむすんであった服の飾りや靴紐《くつひも》をわざわざほどいて私の周囲に殺到した。「面倒くさっ！」とぼやきながら、私はひとりずつ応対して蝶結びをつくっていった。「ごめんなさい、またほどけちゃった」「こっちのわっかだけおおきいんだけど。おなじおおきさのわっかにしてくんない？」「かたちがへんだよ！」「ああもう、面倒くさっ！」。しかしわるい気はしない。蝶結びができるだけで私は人気者の地位を獲得していた。なんとか全員分の服の飾りやら靴紐やらをリボンの形にして「あっちであそんできな！」とおいはらって一息ついた。

稼働するのかどうかうたがわしい古いレジスターのほこりを、メガネのハチ少年が雑巾《ぞうきん》でぬぐっている。彼はやさしそうなまなざしで、私と女の子たちのやりとりをながめていた。ハチ少年はミツ少年と同い年で、二人はこの王国の最年長者なのだという。ほかの子がボウリング場をかけまわってあそんでいるのに、どうして彼だけがはたらいているのだろう。「ハチ君はなにかの罰ゲームで掃除させられてるの？」と声をかけてみる。「僕はこうしているのが好きなんです」。メガネを、キラリと光らせて彼は言った。「ふうん。かわってるね」「よく言われます」「私は部屋の掃除とか、ものを片付けるのが、苦手なんだけどな。ところでここ、電気が通ってるんだね」「発電機が部屋の奥にあるんです。ミツしかあつかえないけど」「すごいね」「ミツが手に入れて、ここにはこんできたんです。このボウリング場を見つけたのもあいつなんです」。

ミツ少年はボウリング場中央付近のレーンで年少の子たちとあそんでいた。腕にしがみついた子どもをもちあげてメリーゴーラウンドみたいにふりまわしている。子どもの一人が彼の背中にとびついてしがみつき、別の子どももそれにつづく。続々と彼の体によじのぼり、ついにミツ少年はおもみにたえきれなくなってレーンにたおれこむ。わらいや歓声がボウリング場全体にひびく。お絵かきや粘土あそびをしていた子どもたちがふりかえる。

「この王国に、大人はいないの？」。私はハチ少年にたずねる。携帯電話の時計をチェックしたら午前二時だった。「大人はいれたらいけないことになっています」「だれが決めたの？」。彼はミツ少年のほうを見る。

ミツ少年は体の上から子どもたちをおろしてたちあがり、私たちが見ていることに気づく。「あっちであそんでろ」と子どもたちに命令するが、「えー!」「つまんないー!」と言われ、手をひっぱられる。

「全員、ここに住んでるの? 学校にも行かずに?」。メガネのハチ少年は首を横にふる。「みんな、夜の間だけここに来るんです。学校にも行ってます」「なんだ、そうか。親のいない子どもをひろいあつめて、ここで育てているのかとおもった。ちゃんと、帰る家があるんだ」。

「ないよ」。子どもたちの集団からぬけてきたミツ少年が私の後ろにたっている。子どもたちにめちゃくちゃにされ、長い髪はみだれているが、気にしている様子はない。

「みんな、家に【帰ってる】わけじゃない。家に【行く】んだ。帰る場所はここ。このボウリング場がみんなのほんとうの居場所ってわけ。でも、朝になったら、ふつうの子どものふりをするために、それぞれの家に行かなくちゃいけない。自分を産んだ大人たちと、親子みたいなふりをしてすごしてる。でもそれは全部、ウソなんだ。学校に行ってるのも、大人たちに目をつけられないよう、ふつうの子のふりをしてるだけ。夜になるまでは、王国の人間だってことをさとられないように気をつけてる」。

冗談でからかっている様子はない。瞳《ひとみ》に強い意志を感じる。私は困惑した。「え? どういうこと? 親子みたいなふり?」「この王国の人間になるとき、親のことはわすれるっていう決まりなんだ。具体的には、勝手に親がつけた名前を捨てる。苗字もね。

それで、好きな名前を自分でかんがえる。ミツって名前も、ハチって名前も、自分たちでかんがえたんだ」。ミツ少年はカウンターごしに腕をのばして、ハチ少年の肩を拳《こぶし》でたたく。二人は視線をかわす。それだけで彼らが親友であるとわかる。「家にいるのは両親じゃない。ただの大人だ。彼らは僕たちのことを昔の名前で呼ぶけど、この王国のことがばれちゃいけないから返事もするし、彼らの子どもという設定を演じてる」。

ボウリング場のレーンを、ごろごろとボールがころがっている。顔を描かれたボールだ。子どもたちがボウリングをしてあそんでいる。ピンを立てる機械はうごいていないので、子どもたちが交代で立てている。まだボールがころがっている最中にほかの子どもたちが二投目や三投目をなげる。ピンを立てている男の子が怒り、それを見てほかの子がわらう。

「小野さんも、この王国の人間になってよ」と、ミツ少年が言った。

明け方にシャワーをあびて私はさっぱりした。トタン板を組みあわせた仮設のシャワー室は、ミツ少年とハチ少年が苦労して設置したものらしい。店員の休憩室のすぐ外にあり、トタン板の隙間《すきま》から風がはいってきて寒かった。電気給湯器をあとからとりつけたらしいのだが、水道をどこからひっぱっているのかよくわからない。

ボウリング場のロッカーに大量の衣類がつまれていた。ほとんどは子ども用の大きさだったが、私の体に合うものもそろっている。「この服、どうしたの?」「落ちてたんだよ」。ミツ少年はこたえた。「そんな偶然ってある? だって、どれも新品だよ?」。高校の制服はたたんでロッカーに入れておいた。

王国は国民に対して食事まで支給していた。ハチ少年がリュックをとりだすと、子どもたちがわっとあつまってきた。「順番だよ! ならんで!」。ハチ少年はさけぶのだが、子どもたちは聞いていない。ミツ少年がいらついたように手をたたいて声をだすとようやく列をつくる。ハチ少年はリュックから駄菓子のラムネをとりだして一個ずつ子どもたちの手にのせた。喧嘩をしないようにという配慮からか、年齢がちがっても全員が同じちっぽけなラムネを支給されている。年齢の高い子たちからは不満があがるのではないか。体格の大きな子はラムネだけでは足りないのではないか。そうおもって口にするとミツ少年がこたえる。「体を維持する栄養は、家や学校で大人たちからあたえられるウソの食事でまかなってるんだ」「ウソの食事?」「そう。ここで食べる駄菓子のほうが、みんなにとっての、ほんとうの食事」。話していると、わけがわからなくなってくる。「ラムネが、ほんとうの食事?」「僕たちはこの王国で、ほんとうの食事だけで生きていきたいけど、そうはいかない状況にある。この場所で空腹をみたしていたら、家や学校でふつうの子どものふりをしなくちゃいけないとき、ウソの食事をのこすことになってしまう。だから、ここではすこししか食べさせてあげられないんだ」「財政難で十分な食料を配給できないってわけじゃないんだね？」「財政難とは無縁だよ。だって、食料はいろんなところに落ちてるんだもの」。年少組の女の子たちが、おたがいの口にラムネの粒をいれて、おいしそうに目をかがやかせていた。それを見ながら、ミツ少年とハチ少年は満足そうな様子だった。

ミツ少年の話をすべて納得して聞いていたわけではない。私が大人だったら、彼をしかっていたかもしれない。私が子どもだったら、よろこんで彼らのなかまになっていただろう。しかし私は、「王国の人間になってよ」という誘いを、ひとまず保留することしかできなかった。きっと自分は、大人でもなく、子どもでもないのだろう。

私のところにハチ少年がやってきて、コンビニで売られているようなおにぎりをリュックからとりだした。「小野さん、これ、どうぞ食べてください」「ありがとう。シーチキン、好きなんだ」「じゃあ、ほんとうの名前は、シーチキンにするといいですよ」。

夜明け前に子どもたちはボウリング場からいなくなった。彼らはロッカーの前でパジャマにきがえると、「いってきます！」「また、夜にね！」とそれぞれにあいさつしながら夜の町に消えた。彼らにとってそれは帰宅ではない。王国の子どもたちは、かつての親のもとで子どものふりをするために出かけていったのだ。

パジャマ姿の子どもたちが、月明かりのなか、商店街や裏路地をかけぬけて、こっそりと家に入り、ベッドにもぐりこむ光景を想像した。まるでおとぎ話のようではないか。

しかしその異変に、大人たちはだれも気づいていないのだ。

「みんな、昼間のうちはだいぶ、眠いんじゃないかな」。私は心配する。「学校では、居眠りばかりで、おこられてるらしいよ。僕だって例外じゃないけど」。ミツ少年があくびをもらす。

ミツ少年とハチ少年も夜明け前にボウリング場から出て行って、私だけが取りのこされた。発電機もとめられて電気は消える。暖房もとまったが、大量の毛布をかぶってソファーにねころがるとあたたかかった。ソファーは一レーンにつき一個ずつ設置してあるUの字形のものだ。体をのばす余裕がなくて胎児のようにまるくなった。毛布はそれほど清潔ではない。お菓子の屑《くず》がたくさんくっついていた。だだっ広いボウリング場は一人になるとしずかだ。ちょっとした物音が遠くまでひびいた。乾電池でうごくタイプのラジオがあったので、FM放送を聴きながら私は明け方にまどろむ。王国の人間になるためには、今の名前をわすれるだけでいいという。ここで子どもたちと暮らすのもいいかな、とすこしおもった。橘敦也にはわるいけど。

3

橘敦也はクラスメイトだ。サッカー部の補欠でもある。友人らといっしょに一学期期末試験の勉強会をして以来、話をするようになった。先日、彼に告白されてつきあいはじめたのだが、私にはまよいがある。彼のことが、まったく好きではないのだ。路上の石ころとおなじくらいにしか興味がもてないのだ。それなのにどうして告白されたときにOKしてしまったのかというと、自分も友人の女子とおなじようにだれかとつきあってみたかったのだとおもう。ためしにつきあっているうちに恋愛感情がめばえるかもしれないというかんがえもあったのだ。しかしだめだった。メールのやりとりをしても、二人きりで道をあるいても、橘敦也のことがすこしも特別におもえなかった。わるいやつではないし、いっしょにいても、いきぐるしくならない。私がいらつくようなことをしない。最近では、橘敦也のことをおもうと、胸が痛くなる。恋ではない。ごめん、という感情だ。全部、私がわるかった。関係をリセットしよう。ゼロにもどしてくれ。はやいところ、彼にそう言おう。彼はたぶん、怒らないだろう。温厚な性格なのだ。怒っているところは想像できない。かなしそうな目は、するかもしれない。

好きではないくせに橘敦也とはいろいろな話をした。両親と険悪なことや、クラスメイトとそりがあわないことや、生きていて自分がたのしいのかそうでないのかよくわからないことや、自分がたまにどこにいるのかも判然《はっきり》としなくなるというようなはずかしいことを、べらべらとしゃべってしまった。彼は真剣に私の話を聞いていた。もうしわけない、という気持ちで胃が痛くなる。

私はきみに無関心なのに！

きみは私の話を聞こうとする！

ほんとうのことを言えないまま時間がすぎた。彼に告げることがなかなかできなかった。私はきみのことを好きじゃないんだ。友人の一人だとおもってる。だけどかなしませたくないんだ。傷つけたくないんだ。こういう恋愛沙汰《ざた》でなやんでいる自分もきらいなんだ。ややこしいことはかんがえたくないんだ。シンプルに生きてみたいんだ。でも、決断するのがこわいんだ。逃げているんだ。みんなとおなじように男の子とつきあってみたかった、だなんてかんがえた自分もきらいなんだ。平凡な人間になりたくないっておもっていたはずなのに。どこにでもいるようなふつうの大人になりたくないっておもっていたはずなのに。決断しなくちゃいけないってことは、わかっているんだ。きみとむきあわなくちゃいけないってことは、わかっているんだよ。


目がさめて、ソファーの上で半身をおこす。受付カウンターそばのガラス扉から陽光がさしこんでいた。携帯電話の時計をチェックする。昼過ぎだ。寝ている間に両親から電話の着信があったらしい。橘敦也からもメールが来ている。帰宅していない私を心配するような内容だ。【ボウリング場なう】と返信する。

洗面所で顔をあらい、熱いコーヒーでも飲もうとおもって、店員の休憩室に設置してあったガスコンロでお湯をわかしはじめる。しかしインスタントコーヒーが見あたらない。ここにあるのは、栓を抜いていない瓶のコーラだけだ。ケースに入れられた状態で積んである。コーヒーをあきらめてコーラを飲みながらボウリング場内を散策した。土足のままレーン上をあるく。砂粒がちらかっていて傷だらけだ。しかしまったく掃除されていないわけではなさそうだ。きっとハチ少年が定期的に砂をはらっているのだろう。彼は掃除が好きみたいだから。

レーン奥の壁に赤い生地の布がたれさがっている。毛布とおなじくらいの面積だ。巨大な黄色の王冠がペンキで描かれている。昨晩に見た、高架下の壁に描かれていたものとおなじだ。この王冠は、王国の子どもたちの意思統一をはかるためのマークではないかと直感する。たとえばひみつ基地をつくった子どもたちが自分たちだけのマークをかんがえるように。つまりこれは王国の旗なのだ。

さらに二本のコーラを開けて本棚のマンガを読んでいるうちに数時間がすぎた。空腹になってきたが町に出てコンビニに行く気もわかず、家にもどる気力もなく、だらだらとすごす。どうせ帰っても、わずらわしいことが待っているだけなのだ。何もかんがえずにここでゆっくりしていこう。

夕方ごろにミツ少年があらわれた。銀色の鍵で正面のガラス扉を開けて入ってくる。昨日とおなじウィンドブレーカーを着ていた。腕のあたりや胸のあたりが泥でよごれている。よく見ると手の甲を怪我《けが》しているではないか。「どうしたの?」「別に」「転んだの?」「まあ、そんなところ」「消毒しなくちゃ」「ほっとけばいいよ」。小野さんは、僕のお母さんにでもなったつもり?」。人を小馬鹿にするようなほそい目だ。「そんな言い方ってひどい。これだから男子は!」。彼はうつむいた。「ごめん」。消毒薬や絆創膏《ばんそうこう》などは受付カウンターの下にあった。ミツ少年を椅子にすわらせ、脱脂綿に消毒薬をしみこませて傷口にあてる。彼は顔をしかめた。その様子はまだ小学生男子という印象だった。目があうと、彼は照れくさそうに顔をそむける。マセガキめ。

「どうして帰らなかったの?」。ミツ少年が聞いた。絆創膏を用意しながら返事をかんがえる。「なんとなく、ここが気になったから」「王国の人間になってくれるの?」「それはまだわからない。まだあんまり、ここのことをしらないからね」。絆創膏を彼の手にはる。「それに、せっかくだから、家出してかんがえごとをするのもいいかなとおもって」「その程度の、かるい気持ちでここにいられると迷惑だ」「かるい気持ち以外の何物でもない集団にしか見えなかったけどね」。駄菓子にむらがっている子どもたちの姿をおもいだす。「年少の子たちはいいんだよ。しかたない。でも、僕やハチみたいに年長の人間は、いろんなことをかんがえなくちゃいけない」「学校の宿題とか?」「バカじゃないの? 小野さん、バカじゃないの?」「二回も……」「僕がこの王国をつくったのには理由がある」。

ミツ少年は椅子からたちあがって、ウィンドブレーカーのポケットから財布を取り出した。大人が持っているような革の財布だ。それをひろげて私に見せる。一万円札やクレジットカードや免許証などがはいっている。「これを盗んで、追いかけられて、転ばされた。もちろん、逃げ切ったけどね」。怪我の理由はそれだったらしい。「奥の部屋を見た？　まだ？　たくさん、かざってあるよ。財布や、靴や、鞄《かばん》がね。ほかの子たちに手伝ってもらったこともある。ちいさな子が注意をひきつけて、その隙に僕が盗むってわけ。深夜にこの町にまよいこんできた、小野さんみたいな人からね。だいじょうぶ、僕たちがねらうのは大人だけだ。ちがうよ、窃盗団《せっとうだん》じゃない。今はこれしか方法がおもいつかないだけ。資金をあつめる方法がほかにあれば、そっちをえらんでる。このお金は王国を運営するための資金になる。目的のためにつかわれる大事なお金だ。僕たちは大人をたおす。大人がつくった世界をこわす。そのために子どもだけの王国をつくったんだ」。

日が暮れて外灯が点灯する。町の中心へつづく道はずいぶん暗い。車が通る気配もない。金網と枯れ草しかない真っ暗な道に、外灯の明かりだけが点々とある。私はボウリング場の入り口に立って外をながめる。

まるで暗闇から生み出されるみたいに、ちいさな影があらわれて、外灯の光のなかを横切った。ちいさな影はしだいにふえて集団となり、ボウリング場にちかづいてくる。

ある影は側転し、ある影はおどけるようにジャンプし、また別の影はピエロみたいなうごきをする。どの影も妖精みたいにちいさく、体重を感じさせないふわふわとしたあるきかたである。駐車場にちかづいたあたりで、パジャマを着た子どもたちの姿がようやくはっきりと見えるようになる。靴をはかずに裸足のまま家をぬけだしてきた子もいる。ハーメルンの笛吹き男の笛に引き寄せられてあつまってきたかのようだ。

ボウリング場に入ってきた彼らは、いきなりテンションがたかく、私にあいさつすると、歌いながらぐるぐると周囲をまわりはじめた。すこし前に到着していたハチ少年や年長の少年少女たちが、年少の子たちをロッカーの前に呼びよせて、パジャマから普段着へときがえさせる。「おかえり」「ただいま」「今日もうまくできた?」「うん」「大人たちにはばれてない?」「すっかり、しんじてるよ。ぼくが、じぶんたちの子どもだってこと」「もう、そうじゃないのに」「おかしいね」。ボウリング場には笑い声がたえなかった。子どもたちは空に放たれた鳥のようにかけまわり、そうぞうしい足音が場内にひびきはじめる。

小学一年生くらいの女の子が、服の袖口《そでぐち》のボタンをうまくとめられなくて、私にたすけをもとめてきた。かがんでボタンをとめてやりながら私は聞いた。「パパやママとは、いつも、どんな話をするの?」「テレビとか、がっこうのはなしだよ」「ふうん。パパやママはすき?」「うん」。すこしだけほっとした。自分の両親は苦手だが、他人の家の親子関係はうまくいってほしいとおもっている。しかし女の子はボタンのとまった袖口を確認しながら言った。「でもね、もう、ほんとうのパパやママじゃないんだ。うちにいるのは、ただのおとな、なんだよ。すきだけどね、はなしをあわせてるだけ。はやくねむってくれないかなって、いつも、夜になると、おもうんだ。だって、うちにいる、おとなたちが、ねむってくれなくちゃ、わたしはこっそり、外にでてこれないんだもの。じっと、ベッドのなかで、ねたふりをしていなくちゃいけないから」。そう言って女の子はあどけない笑みをうかべて人形あそびをしている女の子グループにむかってはしっていく。

レーンの中央に男の子グループがあつまっていた。年長の子がチョークで床に絵を描き、真剣な表情で年少の子たちに何かを説明している。話を聞いているちいさな子たちもまじめな顔つきだ。おどけて変な顔をしたり、おしりをふったりする子は、年長の子からポカリと頭をたたかれている。

「あの子たちは、なんのあそびをしてるの?」。床にすわって重さや色がばらばらのボールを一個ずつみがいているハチ少年に私はたずねた。「……あれは、仕事をおしえているんです」。ハチ少年はすこしだけ言いにくそうに返事をする。「仕事?」「ええと、つまり……。大人たちの足をひっかけるやりかたとか、ちょっかいをだして仲間のいる路地までおいかけさせる方法とか……」。彼はもうしわけなさそうな様子だ。私はためいきをつく。「そうやって、年下の子たちに、窃盗のてつだいをさせるわけね。あきれた。それでいいとおもってんのかな、ミツのやつ」。

「聞こえてるよ、小野さん」「聞こえるように言ってんのよ」。ミツ少年は、実はハチ少年のすぐとなりにすわって、昨晩、クレヨンで顔を描かれた黄色のボウリングボールを布で拭《ふ》いている。「それにしてもハチ、これ、なかなかおちないんだけど」とミツ少年はすがるような声をだす。「洗剤、もってくる？」「うん、たのむ」。ハチ少年が立ち上がって掃除用具を保管している物置にむかう。

ミツ少年はボウリングボールをながめてつぶやいた。「この大きさのボールに顔を描かれると、まるで生首みたいだね。そういえば小野さん、サッカーの起源が、人間の生首を蹴《け》ったことだったっていう説があるんだけど、しってる？」「しりあいに、サッカー部の男子がいるけど、そんなこと言ってなかったよ。補欠だからかな」「その人、小野さんの恋人？」「このマセガキ。エロ本でも読んでろ。バーカ、バーカ」「サッカーの話にもどるけど、戦争のときに敵国の将軍の首を蹴って勝利をいわったのがはじまりだったらしいよ。ほんとうかどうかは、わからないけどね」。ミツ少年は顔の描かれたボールを、床の上でころがしてもてあそび、立ち上がると、足をボールの上にのせた。子どもたちが人間の生首でサッカーするホラー映画のことを私はおもいだす。

「ここはまだ、ちいさな王国だけど、すこしずつ、おおきくなっていく」。ミツ少年はあそびまわっている子どもたちをながめる。「すこし前まで、僕とハチしかいなかったんだ。でも、いつのまにか、こんなに増えてる。どこでここの噂《うわさ》を聞いたのか、だれもはっきりとしたことはわからないみたい。この王国に入りたい子どもだけが、なぜかこの場所にたどり着くんだ。昨日の小野さんみたいにね」「私がこの町に来たのは偶然であって……」「だれもがそう言うんだ。僕が見つけるまで、どうしてこの町にいるのか、わからないって顔をしてる。小野さんも、ほんとうは心の奥でのぞんでいたんじゃないのかな、この王国に来ることを」。

　私は彼の言葉をはっきりと否定できない。

　だから別のことを言う。

「大人をたおすって、本気で言ってるわけ？」「そのための王国なんだもの」「頭がどうかしてる。たおすって、つまり、どんな風に？　現実みを感じられないんだけど」「具体的にはね、たとえば爆弾をつくったり、ハイジャックしたり、というようなことはしないよ。戦争したいわけじゃないんだ。僕は子どもたちと、夜の王国であそぶだけでいい。ただ、それだけ。種をまくだけ。ひみつを共有するだけ。いっしょにうつくしい時間をすごすだけ。変化はすこしずつ起きるよ。もうすでに、子どもたちは、大人の用意した世界のほうがウソなんだってことを認識しはじめてる。大人たちにしたがうふりをして、心のなかでは、なにも受け継ぐひつようはないってことを、自分たちであたらしいなにかをはじめたほうがいいってことを、しりはじめている。つまりそれが僕たちの活動。王国の意義。自分の所属する場所がここだってことをみんな自覚している。あまりにしずかな、それが僕たちの革命なんだ」。

レーン奥の壁にかざられた、王冠のマークに私は目をむける。王国の旗。ミツ少年が立ち上がっているのを見つけて、あそんでもらえるとおもったのか、男の子や女の子があつまってくる。気づくとボウリング場にいた全員が私たちの周囲にあつまっていた。ミツ少年がどんなおもしろいことをしてくれるのかという期待に彼らは目をかがやかせている。洗剤をもったハチ少年がすこしはなれたところから見ていた。

「ミツ君だって、そのうち、大人になるんでしょう？　私だってそう。そのとき王国はどうなるわけ？　大人は王国に出入りしたらいけないんでしょう？」「体が大人になっても、心は子どものままかもしれない。でも、たとえば僕の心が大人になってしまったら、そのときは王国から出て行くつもり。だれかが後をひきついでくれる。僕がここにいるひつようはないんだ。その概念がのこってさえいれば」。ミツ少年が話しはじめると、子どもたちはしずかになり、耳をすます。「小野さん、名前をすてて、王国の人間になってよ。ここへ来るのは、毎日じゃなくてかまわないんだ。小野早苗っていうむかしの名前の自分を演じるのにつかれたときに帰ってくればいい。家や学校にいるとき、自分は王国の人間なんだってことを自覚しながら暮らしていればいい。自分がいったい何者なのかってことが、わからなくて、不安になったとき、ここに来て、みんなとあそんだり、ボタンをはめる手伝いをしたり、いっしょに歌ったりするだけでいい」。

子どもたちが満面の笑みをうかべて私を見る。答えはきまっている。そのことを微塵《みじん》もうたがっていない表情だ。

「私は……」

携帯電話が振動する。電話の着信音が、しんとしずまりかえったボウリング場に鳴りひびく。なんとなく、液晶の画面を見なくても、かけてきた相手がだれなのかが私にはわかった。橘敦也。好きでも何でもないクラスメイトの男子だ。私のような人間に告白してしまったせいで、いろいろと面倒くさい話を聞かされている、かわいそうなやつだ。でも、着信音が私の心をおしてくれた。

「私は、あなたたちの仲間にはならない。だからもう、帰らせてもらうね。私の家は、ここじゃないから」

4

ボウリング場の建物のすぐとなりに古い車庫があり、私はそこに閉じこめられた。発電機から電気が供給されているらしく、ミツ少年がボウリング場にいる夜の間は、天井からぶらさがっている裸電球を点灯させることができた。天井や壁に穴はあいておらず、雨風はよけられそうだ。壁際に段ボールが積みあがっており、それらは王国の物資なのだという説明をハチ少年からうけた。なかを確認すると、うまい棒が大量につまっている。湿って黴《かび》くさい布団のセットがあり、その上で膝《ひざ》をかかえて私はすごした。駐車場側の壁に錆びついた金属製のシャッターと、出入り口に使用される鉄扉が設置されている。どちらも開かない。

「昨日の段階では、まだ王国の一員になれるはずだったんだ。でも今はそうじゃない」。仲間入りを拒否した後、ボウリング場のレーンにあつまっている子どもたちにミツ少年は説明した。私は逃げられないよう子どもたちにかこまれて彼の話を聞いた。「このまま帰したら、王国のことや、この場所のことが大人たちにしれわたってしまう」。高学年クラスの子どもたちは、それまでの友好的な態度を一変させた。懐疑的な目で私を見るようになり、話しかけもしなくなった。私は彼らに、大人として認識されているようだ。低学年クラスの子どもたちの様子はばらばらで、そっぽをむいて私と目をあわさなくなった子もいれば、なにが起きているのか理解できていない子もいた。一方的な裁判の後、私は閉じこめられることになり、ミツ少年とその他の年長者たちにつれられて車庫へ案内された。「そこの段ボール箱にペットボトルの水が入ってる。おなかがすいたら、お菓子も開けていいから」「食いつくして、王国を食糧難にしてあげる」「ふとるよ、小野さん」「トイレはどうすんの?」「シャッターをたたいて大声をだして。女子の見張りをつけてトイレまで連れて行ってあげる」「昼間はみんないないんでしょう?」「昼間はがまんしてよ」。ミツ少年はそう言うと車庫に私だけをのこして出入り口の鉄扉に鍵をかけたのである。

携帯電話は取り上げられ、たすけをよぶこともできなかった。壁のいろんなところを蹴ってみたが、しっかりとしたつくりで、穴があくような箇所はない。落ちていた金属棒をシャッターと地面の隙間にいれてこじ開けようとしてみたが開かない。車庫の天井付近に明かり取りのガラス窓がとりつけられている。手がとどいたとしても、そこからは出られないだろう。体が通りぬけられるほどの大きさではない。

窓の外がしだいに明るくなり、朝のおとずれをしる。子どもたちがボウリング場から立ち去るときの、にぎやかな声や雰囲気は車庫までとどいてこなかった。

ミツ少年に出会って三日目の昼間はほとんど眠ってすごすことになった。おきている間、窓のむこうにあるちいさな空を見ながら駄菓子を食べる。段ボールの箱をあさって、脱出に使えそうなものをさがしていたら、様々なおもちゃが出てきた。ほこりをかぶったラジコンやバービー人形、野球のグローブやボール、縄跳びの縄やフリスビー。子どもむけの伝記マンガや百科事典もある。野球のボールで壁あてをしたり、無意味に二重跳びをしてみたり、細菌の顕微鏡写真をあつめた百科事典をながめたりして暇をつぶす。

夕方ごろに車庫の鉄扉がノックされて私は布団からとびおきた。「ただいま」。ミツ少年の声が聞こえた。私は扉にむかって話しかける。「こら！　そろそろ出さないと、本気でおこるよ！」「もうすこしだけ我慢してよ。もっと居心地のいい部屋を用意しておくから。ボウリング場の小部屋を、小野さん用に改装するつもり」「いつまでも私をここに置いておけるとおもってんの？　一生？　私がおばあちゃんになるまで？」「そうだね。ずっと幽閉しておくことは、できないかもしれない。いっそのこと……」。鉄扉のむこうでミツ少年がおしだまる。「まあいいや。かんがえておくよ」。そう言いのこして彼の声は聞こえなくなる。鉄扉やシャッターをたたいて声をあらげても返事はない。

深夜にトイレへ行った。高学年の女子たちが私のまわりをとりかこんで移動し、ボウリング場内の女子トイレへむかった。ミツ少年を中心とした男子たちも私が逃亡したときにそなえて警戒していた。場内に入ると、それまでそうぞうしかった雰囲気が、水をうったようにしずかになり、子どもたち全員の目がこちらをむいた。ほとんどの子は疑いと、憎しみと、差別のいりまじった視線で、そばにいた子どもと何かをささやきあっている。

私はハチ少年の姿をさがす。彼はちいさな子のためにコップへジュースをそそいでいる最中だった。

彼と目があう。

ハチ少年は私から目をそらした。しかしそれは軽蔑《けいべつ》のせいではないことをやがてしる。おそらく、そのとき彼は自分の行動をすでに決意していたのだ。そのことをほかの子どもたちに気づかれないよう、私に関心が無いことをよそおったのだろう。

夜明け前の時間、私は布団にうずくまっていた。ミツ少年がボウリング場の発電機を止めて自宅にむかったのだろう。裸電球が消えて真っ暗な車庫内に、明かり取りの窓だけが青みがかっていた。すでに子どもたちはパジャマに着替えてそれぞれの家のベッドへもどったにちがいない。私だけがボウリング場周辺に一人でとりのこされたのだ。いつになったら自由になれるのだろう。ぼんやりとかんがえごとをしていたら、鉄扉がひかえめにたたかれた。

「小野さん、僕です。ハチです。起きてますか？」

錠の開く音がして、鉄扉がうごいた。隙間からメガネをかけたハチ少年の顔がのぞく。おどろいて彼の名を呼ぼうとしたら、人差し指を口にあてて「しずかに」というジェスチャーをされる。彼のそばに、ちいさな人影があった。袖口のボタンをとめてあげた低学年クラスの女の子だ。私の制服や携帯電話を両腕にかかえている。「ミツ君は？」。私は立ち上がりながら小声でハチ少年に聞いた。「全員、家にもどりました。ボウリング場にはだれもいません。僕とこの子だけ、もどったふりをして、かくれていたんです。さあ、はやく着替えて。今のうちに逃げてください」。

女の子から制服と携帯電話をうけとり、ハチ少年を車庫から追い出して着替えた。外に出ると冷たい風が気持ちよかった。周囲には高い建物がないため空がひろい。地平線に朝日が顔を出す直前の群青色《ぐんじょういろ》だ。「こっちだよ、おねえちゃん」。女の子が私の手をひっぱって走り出す。三人でボウリング場の駐車場を横切り、車の通らない車道に出る。まだ暗いので視界はわるい。電柱も枯れ草も遠くの家々も影にぬりつぶされている。「町の南の消防署跡にバスが来ます。それに乗れば、帰れるはずです」「どうしてたすけてくれるの？」「閉じこめておくことが、うまいやりかたじゃないって、おもっていました。警察があなたを捜索して、あのボウリング場までやってくるかもしれない。それにこの子が、小野さんをたすけてあげてって、だだをこねるんです」。まっさきに走り出した女の子は、歩幅と体力のちがいから、おくれ気味になってしまった。「おねがいがあるんです、小野さん。王国のことは、だれにも言わないでくれませんか。ひどいことをされて、おこっているでしょうけど。ミツや僕にとっては、大切な場所なんです」「……わかった。約束する」。

金網にそって移動中、いつからか朝靄《あさもや》が周囲にたちこめるようになっていた。半壊しているコンクリート製の建物のそばを通り抜ける。廃墟の影は朝靄のなかで、息をひそめている巨大生物のようにも見えた。冷えた空気のなかで空が桃色に滲《にじ》んでいる。

廃墟の方向から、カラン、という音が聞こえた。ころがっている空き缶にだれかがつまずいたような音だ。わるい予感がしてハチ少年をふりかえる。彼も緊張した面持ちだ。だれかがいる。廃墟のなかにかくれているのだ。

足をはやめてほそい裏路地に入った。しばらくして背後から無数の靴音が聞こえてくる。

「そっちだ！」「追いかけろ！」「逃がすな！」。

少年たちのするどい声だ。泣きそうな顔の女の子をハチ少年が背負って走り出す。シャッターのおりたアーケード街を私たちは走った。突然、前方にちいさな人影がおどりでる。先回りしていた少年が私たちにとびかかってきたのだ。避けられずに衝突して、私たちはその場にころんだ。ハチ少年は背負っていた女の子をかばってゴミ袋の山に突っ込んでしまう。立ち上がって逃げようとした私の足を、とびかかってきた少年がつかむ。「この、マセガキ！」。蹴飛ばすと、その子はおとなしくなった。

「ハチ君、大丈夫!?」。背負われていた女の子は、一人で立ち上がって泣いていた。よろめきながら起き上がったハチ少年が、苦痛に顔をゆがめる。「足首をひねったみたいです」「走れない？」「……たぶん」「わかった。この先は私だけで行く」「バス停はここをまっすぐ行った先にあります」「ありがとう」。ハチ少年と女の子を、それぞれ手短にぎゅっと抱きしめた。朝靄のむこうから無数の靴音がちかづいてくる。私は走り出した。

「おねえちゃん、バイバイ！」。女の子の涙声が背後から聞こえた。

次第に周囲が明るくなっていく。アーケード街に少年たちの声がとびかった。ドラッグストアやパチンコ店の看板が視界のすみを横切る。息が切れて脇腹が痛くなってきた。しかし立ち止まって少年たちにかこまれるわけにはいかない。小学生とはいえ、集団でおそいかかられたら、勝てる気がしなかった。つかまったら、きっとまた車庫につれもどされる。

やがてアーケード街をぬけて道路に出た。風がふいて朝靄がはれる。赤みがかった空の下に空き地がある。車道脇にバス停が立っていた。くすんだ赤色の、どこにでもあるようなバス停だ。

少年がいる。バス停のそばで退屈そうに口笛をふいていた。

私の気配がしたのか、口笛をやめてふりかえる。

「あれ？　ハチは？」

なんだか、絶望的な気分だ。

立ち止まって、呼吸をととのえる。

動揺をさとられるのがくやしくて、平気なふりをする。

「……ハチ君が私を逃がすって、しってたの？」「あいつ、そういう奴《やつ》なんだよ」。無数の靴音が背後から追いついてきた。高学年クラスの少年たちが、すこしはなれた場所にあつまって、これからどうすればいいんだろうという表情で私たちを見ている。ミツ少年の指示をまっているのだ。

風が吹いて枯れ草をゆらした。私たちのはきだす息が白かった。周囲には寂れたアーケード街の入り口と、消防署跡の空き地と、金網しか見えない。色の失《う》せた寒々しい光景だ。朝の光が地平線からすっかり顔を出して、透きとおるような空をかがやかせ、朝靄のこりをすっかり追い払ってしまった。ミツ少年がまぶしそうに顔をしかめる。

「そろそろ、僕たち子どもは、ベッドに行かなくちゃいけないな。ずっとねていたふりをして、目覚まし時計をとめて、大人がつくった朝ご飯を、あくびをしながら食べなくちゃいけない。まるでホームドラマみたいにね」「王国のこと、だれにもはなさないよ」「大人の言うことは、信用できないからな」「はなさない。ハチ君と約束したもの。あんたたちは、あんたたちの世界をつくる。それでいいよ。大人たちの世界をぶっこわしてやればいい。何年か前だったら、きっと私も、あんたたちの仲間になっていたとおもう。親や先生やクラスメイトを偽って生活していたとおもう。でも、私は王国の仲間にはならないって道をえらんだ。正直にむきあいたい人がいるんだ。だから私は大人になることをえらんだ。私がやることは、今あるこの世界を維持すること。つまり、あんたたちがこわすべき世界をつくることなんだ。もう逃げない。もちろん、さびしいよ。あんたたちの仲間になれないことが。だけど、私は家に帰らせてもらう」。ミツ少年は前髪をかきあげて、生意気そうなほそい目で私を見る。「バスが来たよ」。

朝日を銀色の車体に反射させながら、バスが遠くからちかづいてくる。箱形の巨大な車体は、バス停の前で停車し、大量の排気ガスがはきだされて周囲にたちこめる。音をたてて乗車口の扉がひらいた。

「じゃあ、私は、帰るからね！」。ミツ少年と、私を追ってきた少年たちに宣言する。足早にステップをあがってバスの車内に入る。乗客は一人もいない。「引き止めても無駄だから！」「行けばいいよ。小野さんなんか、ふつうのおばさんになっちまえばいいんだ」。ミツ少年が肩をすくめる。「バーカ！　バーカ！」。

そのときミツ少年が指で銀色のものをはじいた。それは朝日を反射させ、弧を描きながら、バスの乗車口をぬけた。私の目の前に飛んできたので、おもわずキャッチしてしまう。「記念にそれあげるよ」。

手をひらくと、それは銀色の鍵だった。

ボウリング場の入り口を開けるときにいつも彼がつかっていたものである。つまりこれは、王国への鍵だ。いつでも、もどってきていい。そんな彼の意思を感じた。投げ返すべきかまよっている最中にバスの扉が閉まる。

私はひとまず安堵《あんど》した。彼らが車内にまで乗りこんできて、無理矢理に連れ出されたらどうしようかと心配していた。しかし彼らはじっとしている。ミツ少年がうごかないから、ほかの子もうごけないのだ。鍵をポケットに入れて車内を移動する。彼ら全員の視線が窓越しに私を追ってくる。

ぶるん、と車体をふるわせて、ついにバスが発進した。後方の座席に腰かけて、窓ガラスに顔をおしつけるようにして外を見る。風景がながれて、ミツ少年たちの姿は遠ざかり、やがて見えなくなった。

それ以来、彼らに会うことはない。

時間が経過すると、本当にあった出来事なのかと自信がなくなってくる。しかし、私が行方をくらませていたことは事実として周囲の人々の記憶にのこっている。【車のトランクなう】【ボウリング場なう】という私の送信したメールも橘敦也の携帯電話に記録されていた。

もう子どもたちに追いかけられたくはないが、あのボウリング場がどこにあるのかをはっきりさせたくて、地図でさがしてみたこともある。電車や車に乗ってどこかへ行くときも、車窓からそれらしい町並みが見えないかと気をつけた。消防署跡の空き地にあるバス停のことをバス会社の人にもたずねてみた。しかしすべては無駄におわる。朝靄とともに消えてしまったかのようにボウリング場は見つからない。それらしいバス停の存在もバス会社の人はしらないという。

記憶をさぐってバスからの景色をおもいだそうとしたけれどだめだった。あの日、乗車してしばらくすると、ほっとしたせいで私はうとうとしてしまい、ほんのすこしねむっている間に、バスは文善寺町《ぶんぜんじちょう》の見知った通りを走行していたのだ。いつのまにか車内は学校や会社へ行く人でいっぱいになっていた。あの町と、私が住んでいる文善寺町の、中間部分の景色はすっぽりと抜け落ちている。

いつまでも王国の位置はわからないままだった。そのうちに、あのボウリング場は、どこにでもあって、どこにもないような、そういう場所だったんじゃないかという、ふわっとした印象を抱《いだ》くようになった。

橘敦也には形式上の別れを言いわたした。ごめん、私はきみのこと、好きじゃないんだ。そうつたえたのは、王国からのバスをおりて、自宅へもどる道すがらだった。橘敦也は寝起きの状態で、私の携帯電話の電池の残量はほとんどゼロだった。ごめんよ、恋愛感情がそだたなかったんだよ。でも、きみのおかげで決心できた。ありがとう。好きじゃないけど、ありがとう。好きじゃないっていっても、きらいってわけじゃないよ。会ってお礼を言いたいんだ。いろんな話がしたいんだよ。あんまりきみの顔をおぼえてないんだ。ぼんやりしてるんだよ。たぶん、むきあってなかったからだ。わるかったとおもってる。なぜだかきみの顔が見たいよ。いや、そういう意味じゃないよ。ほんとうに好きじゃないんだよ。八百屋で売ってる大根とおなじくらいの興味しかないんだよ。寝ぼけてるわけじゃないんだよ。

帰宅したときポケットから鍵が消えていた。携帯電話をとりだした際に、ひっかかって外に出てしまったのだろうか。とすれば文善寺町の道ばたのどこかに銀色の鍵が転がっているはずだ。さがして見つけるべきだろうかと、すこしかんがえたけれど、ほうっておくことにした。私にはひつようのないものだから。

以上の出来事が二〇一〇年のことである。その年は、町でおそろしい事件がおきたり、大晦日《おおみそか》の晩から翌年の正月にかけて大雪がふったりと、なかなかおもいでの深い年だった。

あれから三年が経過して私は大学生になった。両親との関係もすこしだけ変化したようにおもう。もうほとんど喧嘩はしない。以前のように、いらつくこともなければ口論もしない。大学の授業はそれほどたのしくないけれど、講師がたまに興味深い話をしてくれる。たとえば宗教改革の授業のときだ。初老の講師が、なぜかボウリングの起源について話しはじめた。ボウリングというのはもともと宗教儀式だったらしく、ピンは悪魔や災いの象徴であり、それを倒すことで災いからのがれられるとかんがえられていた。最初は宗教家の間でひろまり、認知され、地域ごとにばらばらだったルールを統一したのが、かの有名なマルティン・ルター氏だったとのことだ。

災いからのがれるため……。

私はあの子たちのことをかんがえる。

王国はまだ、この世のどこかで存在しているのだろうか？

案外、すでに崩壊して、全員、元の生活にもどっているんじゃないだろうか？

ある日曜日。別れたはずなのになぜかずっと友人として気があう橘敦也と市立図書館へ行った。大学に提出するレポートを彼が手伝ってくれるという約束だった。休日の図書館には大勢の人が出入りしていた。橘敦也はサッカーのセンスはないが、レポート作成にひつようなテキストをインターネットでさがしてコピーペーストする才能をもっていた。つまり大学生にもっともひつようなスキルを彼はもっているということだ。

勉強にあきたころ、息抜きに私は一人で図書館内を散策することにした。児童書のコーナーにちいさな広場があり、大勢の子どもたちがあつまっていた。【ヤマザト】という名札をつけた女性職員が絵本の読み聞かせをしている。

すこしはなれたところからその光景をながめていると「めでたしめでたし！」という言葉で本が閉じられた。子どもたちが「つぎはこれ！」「こっちがいい！」と様々な絵本をもって彼女にむらがる。しかし彼女はいそがしいらしく、読み聞かせはおしまいのようだ。子どもたちはざんねんそうにしていたが、すぐに別のことに興味がうつったらしく、本や画用紙やクレヨンをちらかしたままどこかへ行ってしまった。その場に私と女性職員だけがのこる。落ちていた画用紙を私がながめていたら、彼女に話しかけられた。「さっき、みんなでお絵かきをしていたんです」。絵本を棚にもどして彼女はクレヨンをひろいあつめる。その薬指に銀色の結婚指輪が光っていた。

すこしはなれた場所にある本棚の間を子どもたちがはしっている。ちいさな靴音が、ぱたぱたと聞こえる。棚と棚の間に、子どもたちの影が、ちらちらと見えては消えた。

床にちらばっている画用紙にはどれも子どもらしいパワフルな絵が描かれている。私はそれらを一枚ずつひろってながめた。飛行機の絵。クジラの絵。遊園地の絵。どれもほほえましい出来だ。しかし途中で手がとまる。「どうかしました？」。女性職員が私に聞いた。「……いえ、なにも」。私は返事をする。

「このマーク、なんでしょうね」。彼女が画用紙をのぞきこみながら言った。「この前お絵かきをしたときも、この黄色い王冠のマークを描いてる子がいたんです。なぜかその子も、ボウリング場の絵を描いていたんですよ」。それがボウリング場だとすぐにわかったのは、ピンがならんでいるからだ。壁には見覚えのある旗が描かれており、子どもたちがあつまってたのしそうにあそんでいる。

さっきまでここにいた子どもたちのなかに、この絵を描いた子どもがまじっていたのだ。

王国は今もある。

クレヨンで塗りつぶされた黄色の王冠に私は指先でふれる。

「子どもたち、こういう夢を、見たのかもしれませんね。子どもたちだけの国。大人が入れない王国の夢を」

彼女は、きょとん、とした表情になる。画用紙の束を彼女にわたして、私は児童書コーナーをはなれた。あるきながら想像する。ベッドで寝たふりをしている少年少女たちのことを。

大人たちが寝しずまったころ、彼らは窓を開けて、白々とした月明かりのなかに出て行くのだろう。

靴を用意している子もいれば、裸足のまま屋根をつたいおりていく子もいる。

ひっそりとした夜の町を、ちいさな影たちが移動する。

すこしずつあつまってきて、数をふやしながら。

夜霧のなか、パジャマ姿の子どもたちが、おどけてわらう。

ゆかいな楽団が、行進するみたいに。

まるでおとぎ話のように。

そして子どもたちは、王国へとみちびかれるのだ。

ホワイト・ステップ

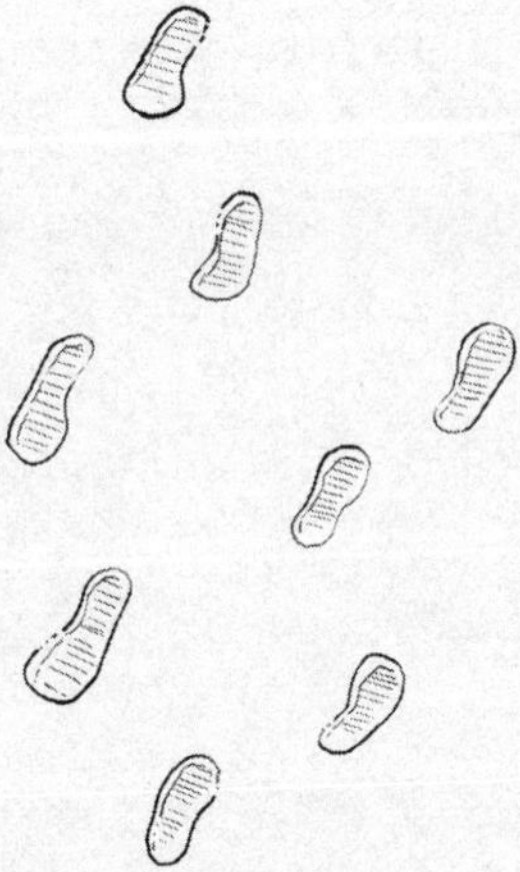

1

友人がいつもポケットにちいさなデジカメをしのばせて、きれいな景色を見るたびに、ぱちりとやっていた。その様子にあこがれていた私は、十六歳の誕生日にカメラを買ってもらった。はじめて撮ったのは母の写真だった。説明書を読むのは苦手なので、直感にしたがって操作し、ひとまずシャッターを切ってみると、おどろくほどきれいな写真が撮れた。母の表情が実に美しいのだ。若いころにバレエを習っていた母は、首が長くすらっとして写真写りがいい。「なんてすごいカメラなんだ！」とおもったものだが、実はカメラの性能がよかったのではない。その後、いろんなものにレンズをむけて撮ってみたけれど、どれもそれなりだった。おもうに、あれは、あの瞬間の様々な要因、たとえば母の表情や、窓から入る光の加減、私の気負いのなさが絶妙に嚙《か》みあった正真正銘の奇跡の一枚だったのだろう。

だから業者の人には、そのデータをわたすことにした。業者側が母の姿を切り抜いて、あたらしいデータを作成する。今の時代、写真の人物の服装を着せ替えることもかんたんである。そうやって完成した遺影を、祖母の家の大きな仏壇に飾らせてもらった。おさないころに父母は離婚している。一人になった今、たよれるのは母の生家だけだった。

奇妙な靴跡を発見したのは、祖父母との生活をはじめて、一週間もたっていないころのことである。一月一日。散歩に出かけて町の写真を撮っていた。降り積もった雪に靴跡をつけながら、あたらしく住むことになった町を探検し、三学期から転入する予定の学校をながめた。帰り道、公園を見つけた。寒さのせいか、子どもたちは見あたらない。だれかの靴跡がひとつあるだけで、そのほかはきれいな雪面がひろがっている。

公園にひとつだけあった靴跡は、入り口から中央のベンチまで一直線にのびていた。横幅のサイズから男性の靴跡だとわかる。ベンチにかぶさっている雪は一部がはらいのけられていた。靴跡をのこした人物がすわるときに雪をはらったのだろう。

はじめのうち何の疑問も抱《いだ》かないまま、雪化粧された遊具をぼんやりとながめていたのだが、次第にその靴跡が気になってくる。靴跡の終着点はベンチの足もとだ。公園の入り口からあるいてきた何者かはそこにすわった。それはまちがいない。しかし、それなら靴跡の主は、いったいどこへ消えたのだろう？　ベンチをはなれて、どこかに立ち去ったのなら、そのときの靴跡がなければ理屈が通らない。でもそんなものは見あたらなかった。

このベンチから靴跡をつけずに公園を出て行くにはどうすればいいのだろう？　ヘリ

コプターかなにかで空中につりあげてもらう？　ロープかなにかを事前にはって、それにぶらさがって出て行く？　なんのために、そんなことを？　私はベンチを遠巻きに一周してみるが、こたえはわからない。次第にこわくなってきて、その場をはなれ、祖父母の家へもどった。

＊＊＊

大晦日《おおみそか》の夜、僕はアパートの205号室でコタツに入っていた。芸能人が大勢、出演しているバラエティ番組をながめながら、みかんの皮をむき、酒をレンジであっためて飲んだ。年が明ける瞬間にジャンプでもしてみようかとおもいたち、屈伸運動をしていたら、携帯電話がメールを着信した。大学院の友人からだった。内容は、最近つきあいはじめた彼女さんとハワイで新年をむかえるという自慢だった。ふくざつなおもいでそのメールを読んだ。友人が最近つきあいはじめたという彼女さんは、僕がひそかに想《おも》いを寄せていた同級生の女の子だったからだ。ああ、なんてことだ。このメールに、どんな返事をすればいいというのだろう。あれこれなやんでいるうちに、テレビのほうから、にぎやかな声が聞こえてきた。気づくと年が明けていた。

【死ね！】というメールを友人に送り、レンタルビデオショップで借りたSF映画を観ることにした。一人暮らし用のちいさな冷蔵庫にソーセージとほうれん草と賞味期限ぎりぎりの卵があったので酒のつまみをつくった。実家から送られてきた泡盛を開けてビデオを再生したのだが実につまらない映画だった。主人公たちが平行世界からやってくる怪物たちにおそわれるという内容である。

平行世界って本当にあるんだろうか？　理工系の大学院に通っているせいかそんなことをついかんがえてしまう。いわゆるパラレルワールドというやつだ。この宇宙と似たような世界がほかにもあるのではないか、という概念は実際に物理学の世界でも可能性が検討されている。量子力学の多世界解釈というやつだ。もっとも、そこに怪物がいるのかどうかはわからない。どうせ平行世界からやってくるなら、かわいい女の子のほうがいい。そんなことをかんがえているうちにコタツでねむってしまった。

翌朝、寝ぼけた頭でカーテンを開けたとき、窓ガラスに大量の水滴がついていた。やけに外が明るいなとおもいながら窓を開けてみると、風景が白かった。あまりの白さにあきれた。あきれてわらいだしそうになった。きんと冷えた空気が、酒のにおいの充満する部屋にながれこんでくる。

南のほうで生まれ育ち、雪景色を見る機会はこれまでほとんどなかった。一人暮らしをはじめてから毎年ちらちらと降っていたが、ここまで派手に積もったことはない。玄関を出てアパートの階段をおりる。雪におおわれた地面を踏んでみると、足首まで雪のなかにしずんだ。すぐに体が冷えてきたので、部屋に逃げもどる。シャワーを浴びて酒のにおいを洗い流した。空腹だった。この雪景色のなかをコンビニまで行くことにしよう。雪中行軍する兵隊のように行こう。映画『八甲田山《はっこうださん》』ごっこをしようじゃないか。想像するとテンションがあがった。

この町の名前は文善寺町《ぶんぜんじちょう》という。キャッチコピーは【物語を紡《つむ》ぐ町】。市立図書館がこの町にあるからそのようなコピーがかんがえ出されたのだろうか。僕はもっぱら大学の図書館を利用しているので、そちらには足を踏み入れたことがないのだけど。

二〇一一年一月一日、文善寺町に人はいなかった。道路や家の屋根、そして常緑樹のちいさな葉っぱの上にまで雪がかぶさっている。ポストの上にも、信号の上にも、駐車された車の上にも、白い布団がかぶせられたように、ふわふわの雪がのっている。それらが一切の物音を吸収しているのだろうか。ずいぶん町がしずかである。いつもならコンビニまであるく間に大勢とすれちがうのだけど、今日は通行人も見かけない。外の寒さに辟易《へきえき》して、暖房のついている部屋に引きこもっているのだろう。それとも大勢が実家に帰省して、町全体に人がすくないのだろうか。僕は帰省のピーク時に里帰りするのをひかえている。飛行機のチケットが異様に高いからだ。コンビニでようやく自分以外の人間を見かけた。店員のほかにも数名の客がいる。おにぎりを買って店を出て、雪景色をながめながら公園で食べることにした。

普段は近所の子どもたちが大勢いる公園も今日は無人である。降り積もった雪にまだ足跡はひとつもなかった。まっさらな雪面に、きゅっ、きゅっ、と靴の形のスタンプをのこしながらあるく。雪のかぶさったブランコや滑り台の間をぬけて、公園中央のベンチにちかづいた。のっている雪をはらい落として腰かける。かじかんだ手に息をふきかけてあっためた。

おにぎりはおいしかった。さて、次はなにをしようか。雪だるまでもつくってみるか？　かまくらをつくって、なかで熱燗《あつかん》をするというのはどうだろう？　川の土手へ行ってみようか？　くもり空を見上げて、ぼんやりとかんがえる。

きゅっ……。

何者かの雪を踏むような音がする。

僕のすわっているベンチのすぐ背後から聞こえた。

きゅっ……。

だれかが後ろに立ったのだ。咄嗟《とっさ》にそうおもってふりかえる。

だれもいなかった。ベンチの背もたれのむこうには、雪面におおわれた広場がある。真っ白な景色がひろがっているだけだ。

きゅっ……。

また、音だけが聞こえる。すこしはなれたところに茂みがあった。そこに鳥でもいるのだろう。その鳴き声にちがいない。

白い粒が視界を横切った。雪だ。携帯電話をとりだして、雪におおわれた公園を撮影し、母親のメールアドレスに送信した。

【あけましておめでとうございます。こちらは雪が降っています】

そんな文章をそえる。ひとまずアパートにもどろうか。ベンチからたちあがり、あるきだそうとして、その異変に気づいた。

公園にはずっと自分しかいなかった。僕がここに来たとき、だれの足跡もなかったはずだ。見わたすかぎりまっさらな雪面だった。しかし、いつのまにか僕の靴跡のほかに、もう一種類の靴跡が出現していたのである。靴のサイズから、それは子どもか女性ものだと推測できる。靴裏の縞模様《しまもよう》までしっかりと雪面にのこされていた。

あり得ない。ベンチにすわってぼんやりしていたとはいえ、だれかが公園に入ってくれば気づいたはずだ。しかし靴跡をのこした人物は、僕に気づかれないでいくつかの遊具のそばをあるきまわっていたらしい。その形跡が点々と雪面にのこされている。さらに信じがたいことに、ベンチの背もたれの後ろにまで靴跡はつづいていた。つまりそいつは僕のすわっていたベンチのまわりを、ぐるりと、僕にさとられないままに一周していたのである。

＊＊＊

祖父母の家の一室で私は布団に入っていた。母が子どものころにつかっていた部屋である。深夜に目がさめてしまったので、起きて友人あてに手紙を書くことにした。ふと窓の外を見ると、窓明かりに照らされて、暗闇に白いものがよぎった。巨大な雪の粒だった。

雪というのは不思議だ。理科の教師が言っていたのだが、雪というものは、天然に産出する無機質の結晶構造を持っているため、鉱物として分類されることがあるという。金や銀、ダイヤモンドとおなじように、雪も鉱物の一種類なのである。おそろしく、儚《はかな》いけれど。

＊＊＊

カーテンの隙間《すきま》からさしこむ光で目がさめた。新年二日目の朝だ。携帯電話のＬＥＤが点灯している。日付が変わるころに母からメールが届いていた。父の寝顔の写真が添付されていて「いらんわー！」とさけんだ。

餅《もち》を焼いて醤油《しょうゆ》をつけて食べる。友人に電話をかけてあそびにさそってみようと試みた。全員が帰省して地方にもどっているわけではない。何人かは近所にのこっているはずだ。しかし一人目は「バイトがあるから」と断られる。二人目は電話がつながらなかった。

窓を開けて冷たい外気をすいこんだ。昨日の午後から深夜にかけてまた雪が降ったらしい。雪景色はリセットされ、だれの足跡ものこっていないだろう。昨日、公園で見かけた不思議な靴跡のことをおもいだす。この事件をだれかに話したかった。しかし今日も僕は一人だ。

午前中は雪だるまをつくってすごすことにした。アパート前の道ばたに、ふんわりとした雪が積もっており、そこに雪玉をころがして大きくする。植え込みで見つけた黒い石を目にはめ込んで雪だるまは完成する。名前はダル吉。雪だるまの【だる】を拝借した。自販機であたたかいおしるこを購入して飲みながらダル吉をながめる。手袋ではさんだ缶の口から白い湯気がたちのぼる。そのうちに、ぽつんと一人で立っているダル吉がさみしそうに見えてくる。

「よし、わかった！　すぐに相方をつくってやるからな！」

二体目の雪だるまをつくりはじめる。ちなみに僕がひとりごとを発しても奇妙におもう人は周囲にいない。昨日とおなじで文善寺町はしずまりかえっている。アパートの住人にも会わなかった。アパートは二階建てで、部屋のひろさにくらべて家賃は安い。大学生や大学院生だけでなく、ちいさな子どもをつれた若い夫婦も住んでいる。老人が一人暮らしをしている部屋もある。みんなとそれなりに交流しているのだけど、昨日からだれともすれちがわない。壁越しの物音さえ聞こえなかった。自分だけがこのアパートにひとりでとりのこされているような気がしてくる。こんなことは、はじめてだ。

手をやすめて町をながめる。いつもなら様々な色が氾濫《はんらん》している。ポストの赤色、カーブミラーのオレンジ、道路の黒。雪の降り積もった日にはそれらがすべて白色におおわれる。神様がまだ絵筆をふるう前の何も描かれていないキャンバスのようだ。雪という漢字は【雪《すす》ぐ】という動詞にもつかわれる。祓《はら》い清めるという意味だ。雑多な色をすべて真っ白に隠してしまう様子は、まさに世界を祓い清めたかのようだ。

ほどなくしてダル吉の彼女という設定の雪だるま、その名もダル子が完成する。ボインにしておいた。僕はダル吉の横に彼女をならべる。

「おまえ、よかったな。こんな美人、うらやましいぜ……」

ダル吉の丸い肩をたたく。それにしても、ダル吉でさえ彼女がいるというのに、というおもいは拭《ぬぐ》い去れない。人間である自分が一人で正月をすごさなくてはならないとは理不尽にもほどがある。苦労してここまで育てたダル子を、どうしてダル吉なんぞにわたさなければいけないのか。急に惜しくなってきた。

「やっぱり、やらんことにした！　ダル子は、やらん！」

ダル子の意外とがっしりした体を引っぱってダル吉から距離をはなそうとする。しかし彼女の目にはめこんだ石を見ていると冷静になってきた。

「そうか、ダル子、おまえ、あいつのことが……」

ポケットに入れておいた携帯電話が鳴り出す。さきほど電話をかけた友人からだ。不在着信の履歴を見て連絡をよこしたのだろう。

「もしもし、近藤か？　何の用だ？」と、友人が言った。

「どこかに出かけないか？」と、僕は聞いてみる。

「ことわる。俺は今、恋人と書き初めをしてすごしているのだ」

「……なんてことだ。世間はカップルだらけだ」

「その通りだ。でないと、人類は子孫がのこせないだろ」

「ちなみに、きみは書き初めで、なんと書いたのだ？」

「決まっているだろう。【愛】さ。俺たちは【愛】という漢字を書きまくったのさ」

「くそっ！　破廉恥《はれんち》な！」

「それで、おまえはなにしてたんだ？」

「せっかく雪が積もっているから、雪だるまをつくってたんだ。雪だるまを相手に小芝居を打っていたところだよ」

「ふん、センスがいいじゃないか」

友人は鼻でわらった。

「ひとりでいると、独自の世界観が築かれるのだよ。きみのように恋人といちゃついておれば、マスコミによってつくられた凡庸《ぼんよう》な世界観しか生み出せないだろうけどね」

「負け犬の遠吠《とおぼ》えにしか聞こえんな。まあいい。正月明けに話をしようじゃないか。どんな風に新年をすごしていたのか。より有意義な正月を送っていたほうが勝利者というわけだ」

「なっ……！」

僕は口ごもった。恋人と書き初めをしている彼と、雪だるまと会話している僕と、どちらが有意義な正月なのか、ほぼ決着はついている！　しかし、ここで退《ひ》くわけにはいかない。

「い、いいだろう。正月はまだ、はじまったばかりだ」

「ほう、男らしいね。では、正月明けにみんなをあつめて、そこで披露してもらおう。近藤の送った正月とやらをな！」

そう言うと友人は高笑いしながら電話を切った。アパート前の、僕がいる周囲一帯は、しんとしずまりかえっている。ダル吉とダル子が僕のほうを見ていた。

部屋にもどり、コタツで熱いお茶を飲みながら反省した。自分は、だいじょうぶなのか？　あんな約束をしてしまって、本当によかったのか？　それ以前に、雪だるまにむかって話しかけているような、こういう大人に、自分はなりたかったのか？　馬鹿なのか？　僕は馬鹿なのか？　もう二十八歳の大学院生だぞ？　二十歳《はたち》をすぎたら大人ってことになってはいるが、全然、そんなことはなかった。まだ子どもの延長線上にいるような気がしてならない。十九歳から二十歳になる瞬間のことをよく覚えている。そのころ住んでいたアパートの浴槽にお湯をはり、水中メガネをかけてお湯にもぐって深夜零時をむかえたのである。なにか記念になるような二十歳の瞬間をとかんがえたのだ。友人にたのんでその様子を写真に撮ってもらった。ああ、やっぱり僕は馬鹿なのかもしれない。僕は一人、部屋のなかでつぶやいてみた。

「人生はただあるき回る影法師、哀れな役者だ。出場《でば》の時だけ舞台の上で、見栄《みえ》をきったりわめいたり、そしてあとは消えてなくなる」

孤独を癒《いや》すため、昨日とどいていた年賀状を読み返す。こちらが出していない相手からも何通かとどいていた。しまった、とおもう。余分に買っておいた白紙の年賀状に年始のあいさつとその人のあて名を書いた。今日中に投函《とうかん》すれば正月のうちにとどけられるはずだ。書いたばかりの年賀状をコートに入れて外に出る。二体の雪だるまの前を素通りし、ポストのある方角にあるきはじめた。風はない。はきだされた息は白くなって、その場にすこしだけとどまり、空気のなかに消えた。

あるきながら昨日の不思議な体験をおもいだす。さすが【物語を紡ぐ町】、文善寺町。長く住んでいると町で起こる都市伝説的な噂《うわさばなし》話がちらほらと聞こえてくる。しかし透明人間が住んでいるとは聞いたことがなかった。あれは透明人間の靴跡だったにちがいない。そうでなければあんな芸当できるはずがない。靴跡は公園の出口のほうにむかってのびていた。ためしにそれをたどってみたけれど、商店街のアーケードに入ったところで、雪におおわれた地面はなくなり、どこへむかったのかわからなかった。公園にもどり靴跡を逆にたどってみることで、透明人間の自宅を見つけ出せないかとおもったがそれもだめだった。雪が強くなって靴跡がすっかり消えてしまったのである。念のため携帯電話で靴跡を撮影しておいてよかった。そうしていなければあれが現実の出来事だったのか自信がなくなっていただろう。

がちゃこん、と騒々しい音をたてて、雪をのせたポストに年賀状を投函する。ついでにスーパーへ立ちよることにした。裏道から駐車場に入り店の正面にむかった。雪におおわれた広い駐車場に、何本かのタイヤの跡と、数人のあるいた形跡がのこっていた。乗用車の横を通りすぎる。

風のないしずかな雪景色に、自分の呼吸する音だけが聞こえていた。なにかが変だ。よく見ると、駐車されている車の後方にタイヤの跡がのこっている。四つのタイヤが雪の表面に曲線を描いていた。それを横切る形で通行人の靴跡が点々とつづいている。観察をつづけて、違和感の理由がわかる。

通行人の靴跡は、タイヤの跡にかさなっている。靴裏の模様まではっきりとのこっていた。タイヤにつぶされて消えてはいない。ということは、この場所を人があるいたのは、車が駐車されたあとにちがいない。その逆であったなら靴跡はタイヤに踏み消されていただろう。

しかし、靴跡は車の下をくぐりぬけて、駐車場の出入り口の方向へのびている。どうしてこのような現象が起こりうるのだ？　身をかがめて、車の下を確認する。地面から車の裏側までせいぜい二十センチほどの隙間しかないのに、その雪面にも靴跡はつづいているのだ。車がここに駐車されるよりも先に、靴跡があったというのなら問題はない。車はたまたま靴跡の上に駐車されたのだと素直にかんがえることができる。しかし車が駐車されたあとに靴跡がつけられたのだとしたら、その人物はどうやって車の下のわずかな隙間をあるいたというのだろう？

もしやとおもって携帯電話を取りだし、昨日、撮影した不思議な靴跡の画像をながめてみる。それは目の前の靴跡と細部まで一致した。雪に刻印された縞模様がおなじなのだ。しかし、これが透明人間の靴跡だとするなら、車の下に靴跡をのこそうとすれば、車のバンパーで透明な脛《すね》を打ってしまい、悶絶《もんぜつ》してしまうはずだ。正体は透明人間ではないのかもしれない。では、いったいこれは、何なんだ？　新種の生物か？　それとも妖怪か？

さきほど友人とかわした約束のことをおもいだす。正月明けにみんなをあつめて、どちらがより有意義な正月を送っていたのかを披露しなくてはいけないのだ。ほとんど負けたも同然の状況であるが、もしも靴跡の正体をつきとめることができたなら、正月を有意義にすごせたことになるのではないか。恋人と書き初めをするなどという破廉恥な正月野郎を、ぎゃふんと言わせられるのではないか。なにせ新種の生物かもしれないのだから。

雪面にのこっている謎《なぞ》の靴跡をたどってみることにした。今ここで僕が戦わなければ世界は【恋人といっしょにいることが人間の幸せ】というあやまった価値観に汚染されてしまうだろう。駐車場を出て、靴跡のむかった先をめざす。その先頭まで行けば、なにかがわかるはずだ。

ふんわりとした雪の表面が靴の形にくぼんでいる。雪が地面との間で圧縮され、靴裏の模様がプリントされている。それをたどって、僕は前へ前へとすすんだ。しかし靴跡は住宅地の三叉路《さんさろ》の中央で唐突に途切れてしまい、そこには何もいなかったのである。

2

郵便局はどっちだろう? 私は三叉路の中央で立ち止まり、どちら側へすすむべきかを検討する。右に行くべきか、左に行くべきか。おもえば人生とは分かれ道の連続なのだ。あっちに行く未来もあれば、こっちに行く未来もある。友人あての手紙を送ろうとおもい、郵便局をさがしていたら迷子になってしまった。それにしても見わたす限り白い。雪というものは、光を吸収することなく、ほとんどを散乱光としてはじきかえすという。だから私たちの目に、白く見えるのだ。

きゅっ……。

雪を踏むような音がする。私ではない。周囲を見たけれど、不思議なことにだれもいなかった。

＊＊＊

あるきながらかんがえていた可能性があった。意思をもった靴が、ひとりでにあるきまわっているのではないか。たとえば化学工場から流れ出た不思議物質に汚染されて意思を宿したとか、死んだ人の霊魂が宿ってしまったとか。靴だけの存在なら、車の下にもあるいた痕跡《こんせき》をのこすことができるかもしれない。姿がちいさいので、昨日の公園で僕が気づかなかったのもしかたない。

目の前の、すこしはなれた雪面で靴跡が途切れている。しかし、意思をもった靴など見あたらなかった。三叉路に積もった雪には、正真正銘、靴跡しかない。最後の一歩は、左右の靴が真横にならんでいるような状態である。雪面にのこされた、ありふれた靴跡である。僕はすこしだけ落胆する。だけど念のため、間近で観察してみよう。靴跡の正面にまわりこんで、中腰になり、雪面に顔をちかづける。そのときだ。

きゅっ……。

雪を踏む音がする。同時に、あらたな靴跡が出現した。僕の目の前で、ひとりでに雪面がへこみ、雪が圧縮され、靴裏の縞模様が浮かび上がったのである。自分のしっているどのような自然現象とも異なっている。それは未知の出来事だった。予想外の展開に、咄嗟にうごけない。

きゅっ……。

きゅっ……。

きゅっ……。

右、左、右、と交互に靴跡は出現する。僕のほうにちかづいてきた。

ぶつかる！　そうおもったとき、中腰になっている僕の股下《またした》を靴跡は通り抜けていった。背後にひろがっているまっさらな雪面を靴跡はどんどんすすんでいく。あっけにとられる僕の頭にひらめくものがあった。

もしも透明人間だったなら、僕に衝突していたはずだ。つまりこいつには実体というものがないのではないか？

おまけにそいつは、僕がここにいることにも気づいていないらしい。人間的な視界というものを持ち合わせていないのだ。もしも周囲が見えていれば、僕の接近を察して、多少はその反応が靴跡に見られるはずだ。

僕はおどろきから立ち直り、雪面に突如として生じる靴形のへこみを追いかけた。そいつが靴跡をのこすたびに、雪が圧縮されて音が鳴る。後をつける僕の雪を踏む音もすこしだけずれてかさなった。

きゅっ……。　きゅっ……。

きゅっ……。　きゅっ……。

きゅっ……。　きゅっ……。

きゅっ……。　きゅっ……。

……………。　きゅっ……。

急にそいつが立ち止まったので、おもわず追い越してしまう。円を描くように何歩かあるいて靴跡のそばにもどる。

ずざっ！　突然、そいつが後ずさりした。僕のいる場所から遠ざかるように、その形跡が雪の表面にのこる。気づかれてしまったらしい。やっぱり、こちらが見えているのか？　数メートルの距離をおいたところで靴跡はじっとしている。僕はそいつをおどろかせないよう、うごくのをやめた。ゆっくりと手をのばす。「こわくない。こわくない」。警戒する犬や猫へ言い聞かせるように、ナウシカになったつもりで言ってみる。しかしそいつは無反応だ。「おーい……」。靴跡にむかって手をふった。やはり無反応。ためしに一歩だけちかづいてみる。きゅっ、とふみだしたところ、今度はおおいに反応があった。そいつは僕を避けるように移動する。新たな靴跡が雪面に自動生成した。

道の真ん中で靴跡にむかって声をかけたり手をふったり、ちかづいては遠ざかられたり、というのをくりかえす。その結果、判明したことがいくつかある。ひとつめは、そいつには僕の声が聞こえていないらしいこと。大声でおどろかせても靴跡は微動だにしない。ふたつめは、僕の身振り手振りが見えていないらしいこと。たとえば「がおー！」とおそいかかるそぶりをしても、そいつは危機感を抱くようなうごきを見せない。かといって何も見えていないわけではないらしい。みっつめ。そいつに見えているのは雪面の変化だということ。声や身振り手振りには反応しないが、僕が一歩をふみだすと、むこうも何らかのうごきを見せる。さらにこまかい表現をするなら、僕の足が空中にある間は無反応だ。雪の表面に僕の靴が着地して、圧力をかけ、靴跡がのこってようやくそいつは僕のうごきを認識する。ところでその靴跡は逃げようとしなかった。なぜだろうか？　人間に見つからないように暮らしている妖怪の類《たぐい》であれば、すぐさま逃亡するのではないか。しかしそいつには、警戒しながらもこちらをじっと観察しているような雰囲気が見られる。移動しても靴のつまさきがこちらにむいていることや、一定の距離を保ちつづけていることからそのような印象を抱く。

両側に一戸建ての家がならんだ広めの道で、僕と靴跡はおたがいにむかいあっていた。あらゆる場所に雪がかぶさって視界のほとんどは白色だ。道の隅に車道と歩道を隔てるための高さ十五センチほどの縁石がつづいている。靴跡が、僕のほうにつまさきをむけたまま円を描くように移動する。「あっ！」と僕は声をあげた。縁石の上にかぶさっていた雪が、靴の幅のぶんだけパッとはねたのである。その様子はまるで、縁石の存在に気づかずに足をのせてしまい、雪ですべってしまったという様を想像させた。

むぎゅ……。

雪の圧縮される音がして、靴跡とはまた別種の楕円形《だえんけい》の跡が雪面に出現する。おしりをついた跡だろうか？　楕円形の跡をそのように解釈したのは、僕がいつもおしりのことをかんがえているからではない。楕円形の周囲にのこっている靴跡との距離を考慮した結果である。透明人間がころんでしりもちをついたら、まさにこんな風に雪がへこむだろう。しかし雪の圧縮される音しか聞こえないのはおかしなものだ。質量のある存在がしりもちをつけば【どっしーん！】という音がするのではないか。ともかく、たすけおこそう。僕はそいつがいるかもしれないあたりに手をのばしてみる。空をきるだけで何の感触もない。まったく無関係な人が僕のことを見ていたら、雪景色のなかで一人、空手チョップかなにかの練習をしているのだと誤解され、不審者として通報されていたかもしれない。

きゅっ……。

雪が鳴った。あたらしく出現した雪のくぼみを見下ろす。僕は息をのんだ。靴跡の主は自力で立ち上がったらしい。雪面に手をついて、よっこらせと。僕の足もとに出現したのは、ほっそりした五本指の手の跡だった。

＊＊＊

おしりや手についた雪をはらう。怪我《けが》はない。カメラをしまっておいてよかった。落としてこわれたら泣くしかない。周囲に視線をめぐらせる。私の無様なかっこうを見ていた人はいない。真っ白な住宅地は見わたす限り無人である。時間の止まった世界のようにしずまりかえっている。

きゅっ……。

雪の踏まれる音がした。おしりの痛みよりも先に、対処しなくてはいけない問題が目の前にあった。私の足もとにすこし大きなサイズの靴跡がある。おそらく男性用のスニーカーだろう。昨日、公園で見かけた不思議な靴跡である。公園の入り口からベンチまでつづいていたものと、サイズや縞模様がおなじだった。

きゅっ……。

見ている間にもまたひとつ雪の表面に靴跡が生じる。いつのまにか私のすこし後ろをこの靴跡がついてきていたのである。雪の鳴る音が聞こえてそのことに気づいた。しかしこいつはどうやら靴跡だけの存在ではないらしい。

雪面に指先ほどのちいさな穴がひらいた。息をつめて見守っていると、その穴が横にずれていき、雪が押しのけられ、すーっと線を描く。線は文字を形成して、意味のある一文となった。

だいじょうぶ?

雪面に言葉が出現した。

＊＊＊

靴跡の主は雪面の変化に反応することがわかった。しかし言葉というものを理解できるだろうか。まずは日本語で書いてみて、それで無反応だったら英語で書いてみよう。しりもちをついたとおもわれる姿の見えない相手にむかって雪の上に指でメッセージを書いた。長い沈黙がある。やがて、最後に出現した靴跡の前に、指先でなぞったような細さの線が、さっさっさっとひかれた。

おしりが　いたかった　です

きれいな文字である。文字を認識し、日本語をつかえることがこれで判明した。僕はガッツポーズをする。友人の歯嚙みする様子が目にうかんだ。女性とコミュニケーションして書き初めをする正月よりも、異種族間のコミュニケーションを成功させた僕のほうが、人類にとって意義深いことは明らかである。

きみは　だれ？

僕はすこしだけ横にずれて、まっさらな場所に文字をならべる。かんがえるような時間のあとで文字が雪面に生まれる。ひとつの文章がふっとうかびあがるのではない。線がひかれて一文字ずつ完成していくのを見守った。

にんげん　です

頭上から綿毛のような雪が降ってきた。天候の神様はまだ文善寺町を白いままにしておきたいらしい。人間です。僕はその一文を見つめる。こいつはどうやら、靴跡だけの存在ではなかったらしい。僕にはそれが見えないし、感じられないけれど、どこかに肉体があるのかもしれない。漢字をつかわなかったのは、雪面に画数の多い複雑な文字を書くのがむずかしいからだろう。

ぼくも　にんげん

はい

こちら　くつあと　しか　みえない

こちらも　です

日本語がつかえるところから相手もおそらく僕とおなじ日本人だとおもわれる。異種族間コミュニケーションというわけではなさそうだけど十分に友人をひれ伏させる話題性はあるだろう。

どうやらこの相手と僕は、それぞれ、おなじような状況におかれているらしい。相手の靴跡やころんだ跡や、雪面に書いた文字しか認識できないのだ。雪面をつかったFAXのようなものだろうか。空間がねじれて、僕のいる雪面と、相手のいる雪面とがつながってしまったのである。

きみ　どこに　いますか?　なにけん?

僕は相手にたずねてみる。

すぐに返事が書かれた。

とうきょう　です

相手はさらに文字を書いて言葉をつなげる。

僕はそれを読んで困惑した。

ぶんぜんじちょう　です

＊＊＊

冷たくなった指先を上着の内側にさしこんだ。脇の下にはさんであたためる。そうだ、この現象を記録しておこう。ポケットからカメラを出してレンズを雪面にむけた。赤くなった指でシャッターを押そうとしたとき、また、あらたな文字が出現しはじめる。何度見ても、不思議な光景だった。やわらかく降り積もった雪が、見えない力で勝手にくぼみ、前後左右に押しのけられ、文字を形成する。

こちらも　ぶんぜんじちょう　おなじだ

文善寺町？　このメッセージを発信しているだれかも、この町にいると主張している。しかし私のそばにはだれもいない。真っ白な風景がひろがっているだけだ。困惑して私は白い息を吐き出す。文善寺町といっても広い。おなじ町の、異なる場所にいるのかもしれない。しかし、さきほどから自動生成している靴跡は、私が転倒する原因となった縁石をよけて出現していた。住宅地の塀のむこうに行ってしまうこともない。私のいるこの場所と、相手がいる場所は、地形がまったくおなじなのだ。雪面の変化だけを見るなら、この人物は私の目の前にいなければおかしい。いよいよこわくなってきた。もしかしたらこれは心霊現象の類ではないのか。私は質問してみる。

あなたは　ゆうれい　ですか?

いきてます　おなかも　すきました

自分が死んでいることに気づいていないだけという可能性もある。そんな幽霊の登場する映画や海外ドラマを観たことがあった。さらに文字が紡がれる。

こちら　2011ねん　1がつ　2にち　12じ　15ふん　そちらは?

こちらも　そう

じかんの　ずれも　ないらしい

この人物は、おなじ場所にいながら姿が見えない原因をかんがえているのだろう。たとえば私のいる時間とこの人物のいる時間との間にずれがあったとすれば、……それでも不思議なことにはかわりないけど、目の前にいないことの理由になる。しかし私たちは地図上のおなじ場所にいるだけでなく、カレンダーの日付もおなじならば、時計の針の位置さえ一致しているらしい。これはいよいよ、わからなくなってきた。降り積もった雪のせいで、文善寺町がおかしくなってしまったのかもしれない。電車がストップしてダイヤがみだれるように、世界を一定の形に保っているなにかが雪のせいでいつも通りに機能しなくなっているのではないか。

ところで、この人物が文善寺町の住人だとすれば、私の直面している問題を解決してくれるかもしれない。

＊＊＊

ゆうびんきょく　さがしています

まいご　ですか？

そうです

ねんがじょう？

ふつうの　てがみ

ポスト　ではなく　まどぐち？

きって　はってない

僕も年賀状を投函してきたばかりだ。この共通点が謎の現象の解明につながらないだろうか。たとえば言葉を外部に伝達しようとした二人。いや、かんがえすぎだろう。それにしても郵便局の場所がわからないなんて。文善寺町で暮らしている人なら大抵はしっているはずだ。ここに住みはじめて間もないのだろうか？　自分はこの姿の見えない相手のことを、いつのまにか一個人として認めつつある。雪面に地図を描いて郵便局の場所をおしえようとしたが、途中でめんどうくさくなってやめた。

あんないする　ついてきて

郵便局はここからそうはなれていない。そこまで連れていったほうが手っ取りばやかった。僕はあるきだす。しかしその靴跡がついてくる気配はない。足踏みするようにおなじ場所でいくつも靴裏の形がかさなる。さきほどのやりとりでわかったけれど、僕たちはおたがいに雪面の変化しか見えないらしい。むこうがわにいる人物の視界には僕の靴跡しか見えていないようだし、僕もおなじようにその人物の靴跡やころんだ跡しか見えない。このようにわけのわからない状態で、わけのわからない靴跡についてこいと言われたら、自分でもためらってしまうだろう。やっぱり地図を、とおもいなおしたとき、その人物が一歩をふみだした。

＊＊＊

まさかとんでもない場所に連れて行かれることはないだろう。そう信じて私はあるきだす。一歩ずつ、交互に足をふみだして、私の足よりもおおきなその靴跡を追いかける。

きゅっ……。

きゅっ……。

きゅっ……。

きゅっ……。

きゅっ……。

きゅっ……。

いっしょにあるいたら雪をふむ音がかさなって二人で演奏しているようだった。私のななめ前を靴跡がすすみ、その人の姿は見えないのに雪面のふまれた形跡だけがしっかりとのこる。道路に車は通っていなかったけれど、その靴跡は歩道橋をわたりはじめた。靴裏の縞模様が一段ずつスタンプされて階段をのぼっていく。私が立ち止まると前をあるいていた靴跡もすこしすすんだ場所で停止する。ついてきているかどうかをこまめにふりかえってチェックしているようだ。

白一色にそめられた文善寺町の通りを歩道橋の上からながめた。粉砂糖をまんべんなくまぶしたような景色である。重みがくわわったら、かんたんに折れてしまいそうな、並木の細い枝先にまで、ふんわりと雪はのっている。すこし先をあるいているその人もまたおなじ光景を見ているようだ。つまさきのむきでなんとなくそのことがわかる。心音も、体温も、ここにはない。存在をおしえてくれるのは雪面だけである。

どうやらその靴跡は、親切な靴跡だったらしい。ほどなくして前方に郵便局の看板が見えてきた。

＊＊＊

正月なので閉まっているかもしれないと危惧《きぐ》していたが、どうやら営業しているようだ。屋内に明かりが灯《とも》っており、窓口に郵便局員の姿もある。

ありがとうございました

郵便局前のまっさらな雪面に文字を書いて、その人物の靴跡は正面入り口にむかって点々とのびていく。ひさしの下に入ってしまうと雪がないため、もうその人物がどこにいるのかわからない。入り口の自動ドアが開くのをなんとなく待ってみたけれどうごく気配はなかった。だからといってその人物が郵便局内に入らなかったというわけではないのだ。ここではない別の文善寺町で自動ドアをくぐりぬけて窓口の前にむかったはずである。

ここで待っているという約束はしなかったが、靴跡の人物が用件を済ませて出てくるのをこのまま待つことにしよう。正月明けに友人とあつまったとき、この体験がつくり話ではなく事実だったことを示すような、万人を納得させる証拠をまだ得られていない。携帯電話をつかって何枚か写真を撮ってはみたものの、静止画像では僕のねつ造だとおもわれかねない。今度はムービー機能をつかって撮影してみることにした。携帯電話をいじってムービーが撮れることを確認する。ほとんどつかったことのない機能だ。こんなもの、恋人がいたり、子どもがいたり、ペットがいたりしなければつかう機会はない。独り身の僕みたいな人間には、せいぜい火事の現場を目撃したときにこれで撮ってやろうという程度のつかい道しかない。

あいかわらず、白い雪の粒が空から生み出されて音もたてずに町をおおっていく。寒かったので郵便局内で待ちたかった。しかし屋内にいたのでは、靴跡の人物が用件を済ませて外に出ていったときに気づかないおそれがある。点描のように視界を埋める雪をながめながら、雪面のこちらがわにある文善寺町と、あちらがわにある文善寺町の関係について考察する。

僕たちはそれぞれおなじ町にいるらしいが、なにからなにまで一致するような世界ではないようだ。たとえばさきほど郵便局の自動ドアの作動する回数にずれが生じた。僕のいる文善寺町のスーパーの駐車場には車がとまっていたけれど、むこうの文善寺町のスーパーには車がなかったのかもしれない。だから靴跡の主は駐車場を直進して、車の下のわずかな隙間にも靴跡をのこすことができたというわけだ。町のつくり、道や曲り角、歩道橋の位置、施設の場所など、大きな箇所は双子のようにひとしい。しかし住人のふるまいなど些細《ささい》なところが食いちがっている。僕たちはそれぞれ、似ているけれどすこしちがう平行世界のような場所にいるのかもしれない。

平行世界、という単語が出てきたことに自分でおどろいた。

そうだ！　平行世界だ！

きゅっ……。

雪が鳴った。郵便局の入り口のひさしを出たあたりに靴跡が生じている。一拍の間があいた。あたりに視線をめぐらして僕の靴跡をさがしたのではないかと想像する。きゅっきゅっきゅっ、と雪面にテンポよく靴跡が生じて、おそらく小走りに僕の足もとにちかづいてきた。

郵便局の駐車場に移動する。まっさらで広大な雪面がひろがっていた。植え込みのなかに鉛筆ほどの長さの枝が落ちていたので、それをひろって雪面に文字を書く。これなら指が冷たくなることもない。

へいこう　せかい　かも　しれない

それは　なんですか？

僕はまっさらな雪面に平行世界についての説明図を描いた。左から右へ長い直線の矢印Aを引く。ある地点からそれを枝分かれさせて平行な二本目の矢印A′を描く。

こっちと　そっちは　えだわかれした　せかい　なのかも

二本の矢印にいくつかの説明を書きくわえた。矢印Aは僕のいる世界をあらわしている。矢印A′は靴跡の人物がいる世界だ。

僕たちのいる【現在】という時間は、たくさんの選択肢の果てに存在している。僕が朝にあくびをした世界としなかった世界。僕が朝に餅を焼いて食べた世界とご飯を炊いて食べた世界。選択肢で片方を選んだら、選ばれなかったほうの世界は消滅する。ふつうだったらそうかんがえるだろう。

しかしここで発想の転換をしてみる。選ばれなかったほうの世界も消滅せずにのこりつづけるのだとしたら？　僕が朝にあくびをした世界と、あくびをしなかった世界の、両方の時間軸が生じるのだとしたら？　便宜上、目の前には矢印AとA′の二本しか描いていないが、もしも選択肢ごとに時間が枝分かれするとかんがえると矢印の本数は莫大《ばくだい》なものになるはずだ。僕だけの問題ではない。地球上の全生命体の選択肢も考慮にいれなくてはいけない。いや、宇宙にあるすべての電子の軌道が、どこかひとつでもずれていればそれだけで時間は枝分かれするだろう。石鹸水《せっけんすい》にストローで息を吹き込んだとき、ぶくぶくと無数の泡が生じてふくれあがるように世界は増幅しているのかもしれない。僕のいる文善寺町と靴跡の主がいる文善寺町はとなりあった泡であり、降り積もった雪がなぜだかふたつの世界をつないでいるというわけだ。

ほんとう　ですか？
ためしに　やってみたい　ことが　ある
かんたんな　こと　ですか？
とある　アパートに　いってほしい　あんない　する
でも　なぜ？
こんどう　ゆうき　という　おとこが　いるかも
それは　だれです？
それは　ぼくです

もしも靴跡の人物が平行世界の文善寺町にいるのなら、そこにも僕という人間が存在して一人でさみしい正月を送っているはずだ。それをたしかめてみようというわけだ。成人男性が雪だるまにむかって話しかけているというショッキングな光景をこの人物に見せてしまっていいものか多少の迷いはあるけれど。

わかりました

では　ついてきて

あるきだそうとしたとき文字が雪面に生じる。僕が名前を書いたので自分も名乗らなくてはいけないとおもったのだろうか。そうだとしたら律儀《りちぎ》な性格の人にちがいない。

ちなみに　わたしは　わたなべ　ほのか　です

あるきながら雪面に文字を書くなんてことはできないので、無言で白い息を吐きながらアパートへむかう。彼女の雪をふむ音がすぐ背後から聞こえるのだが、ふりかえってもそこにはだれもいないのである。【わたなべほのか】という名前からおそらく性別は女であろうと推測した。年齢まではよくわからない。
携帯電話でムービーを撮りながら、横断歩道で青信号になるのを待つ。車が通る気配もなければ、雪におおわれて横断歩道の白線も見あたらなかったけれど。僕のすぐ横に彼女の靴跡がならんでいる。彼女が立っているあたりに手をのばしてみたが、空をきるだけで正真正銘、何もない。信号の切り替わるタイミングはふたつの【現在】で一致しているらしく、青信号になると彼女の靴跡が横断歩道をわたりはじめる。ぼんやりとそれを見ていたら、彼女が道路の真ん中で立ち止まってこちらにつまさきをむけた。「わたらないいんですか?」と言いたげな沈黙である。僕があるきはじめると彼女の靴跡もほっとしたようにうごきだす。
僕の住んでいるアパートが前方に見えてきた。ふたつの雪だるまがならんでいる。ダル吉とダル子。植え込みから枝をひろってアパート前の雪面に文字を書いた。

ゆきだるま　ある?

ゆきだるま　どこです?

このあたり　ぼくが　つくった

はたしてこんなに大きな物体を見落とすだろうかと首をかしげながら、雪面に矢印を描いて、ダル吉とダル子の位置を指し示す。

みあたらない　です

雪だるまがない？　すこしだけ不安になる。僕はここに住んでいないのだろうか？あるいは平行世界というのはまちがいで、彼女のいるところは、もっと別の種類の異世界なのかもしれない。

２０５ごうしつの　ポストを　みてほしい

階段のそばに集合ポストが設置されている。２０５号室のポストには、僕の名前を書いたプレートがはまっているはずだ。油性ペンで書いたへたくそな文字なので見られるのはすこしはずかしいけれど。

彼女の靴跡がアパートの階段にむかって移動する。屋根の下の雪が積もっていないところに入ると彼女の移動する様子は把握できない。ほんの二十秒くらいでもどってきた。靴跡が僕のそばにちかづいてきて雪面に文字を書く。

なまえ　ありました　こんどう　ゆうき　さん

ほっとして息を吐いた。彼女のいる文善寺町においても僕はここに住んでいるらしい。むこうがわに住んでいる自分のことを僕としておこう。僕は今日の午前中に雪だるまをつくらずほかのことをしてすごしたのだろう。だからダル吉とダル子が見あたらないのだ。どうせ朝っぱらから酒を飲んで正月特番でもながめてうたたねしていたにちがいない。おもしろい計画がおもいうかんだ。正月明けに友人をあつめてこの話をしたとき、たとえムービーを見せても信じてもらえるかどうかうたがわしい。そこで僕に協力してもらうのだ。

まず僕がむこうの世界の友人に電話をかけてなんらかの情報を聞き出す。たとえば恋人の誕生日や両親の名前や出身校の名前など、僕がしっているはずのない情報ならなんでもいい。それを雪面経由でおしえてもらって僕がおぼえておく。正月明けにこの現象をしんじてくれない友人たちにむかって、僕から仕入れた情報を話すのである。こちらがわの世界で友人は僕にそんなことをおしえた記憶がない。すっかりおどろいて僕の話をしんじてくれるだろう。それはつまり僕の逆転勝利である。恋人と書き初めをする正月にくらべたら、よっぽど貴重な体験であることはうたがいようがない。しかしこの複雑な計画を彼女につたえるのはむずかしそうだ。いや、ひとまず僕をここに呼びだしてもらえばいいのではないか。どうせ暇だろうから僕は僕の計画に賛同してくれるはずだ。そのとき彼女が不可解な一文を雪面に書く。

しおね　さんの　なまえも　ありました

どういう意味なのかわからない。
しおね？　だれのことだろう？

それは　だれ？

僕はそうたずねてみた。
今度は彼女が困惑する番だ。

潮音　です　よみかた　まちがえ　ました？

漢字だけおおきなサイズで雪面にあらわれる。潮音という名前に見覚えはない。アパートの集合ポストにそんな名前の人はいただろうか。たとえいたとしても、なぜ彼女はその名前があったことを僕につたえたのだろう。腕組みしていると足もとのまっさらな雪の上にひとつずつ文字が紡がれていく。僕たちの靴跡はむかいあうような位置関係にあり、相手の雪面の文字は上下がさかさまに見える。彼女の書いた一文を何度も読み返す。信じがたいことだが考慮すべきことだった。選択肢の数だけ時間が枝分かれして無数の【現在】があるのなら、そのような文善寺町の姿もあり得るのだ。

２０５　なまえ　ふたつ　ならんでました　ふうふ　なのでは？

3

太陽は分厚い雲にさえぎられ、まだ昼過ぎだというのに暗かった。アパートの壁のそばを雪が回転するように舞っている。【２０５／近藤裕喜・潮音】。案内されてやってきたアパートの集合ポストにはそう書かれたちいさなプレートがさしこまれていた。女性が書いたようなきれいな文字である。近藤裕喜というのが靴跡の人物にちがいない。しかし彼には潮音という名前に見覚えがないらしい。雪面をつかったメッセージのやりとりで、なんとなく彼のおかれた状況がわかってくる。雪面のむこうがわにいる近藤さんは独身で彼女もおらずこのアパートには一人で住んでいるらしいのだ。潮音という名前にも心当たりがないらしい。

もうひとつ　たのまれて　くれないか

そのあとにつづけて書かれた彼のメッセージを読んで、ふたたびアパートの集合ポストにむかった。205号室のポストには三ケタのダイヤル式の錠がかかっている。周囲に人がいないのをたしかめた。あいかわらず雪におおわれた文善寺町はしずかなものである。こんなことしていいのだろうか。彼自身の部屋のポストだから問題はないのかもしれない。雪面経由でおそわった数字にダイヤルをあわせると錠が開いた。ポストのなかに年賀状の束が詰まっている。一枚を引き抜いてしらべてみた。宛先《あてさき》のところに【近藤裕喜様・潮音様】と連名で書いてある。

入居者専用の駐車スペースを彼の靴跡が行ったり来たりしている。落ち着かない様子である。そこにちかづいてまっさらな雪面に報告する。

あてさき　しおねさん　なまえ　ならんでます

集合ポストの名前だけでは、なにかのまちがいかもしれないので、年賀状の宛先を見てきてくれないかと彼にたのまれたのである。私はいよいよ彼と潮音さんという女性が夫婦であることを確信する。潮音という名前の上には苗字《みょうじ》がなかった。つまりいっしょの苗字になったということではないのか。二人は夫婦なのだ。どのような経緯《いきさつ》でこうなってしまったのかはわからないが、むこうの文善寺町にいるのは潮音さんに会わなかった近藤さんであり、こちらの文善寺町にいるのは潮音さんに出会って恋人になり、ついには結婚までした近藤さんなのである。

私のいる文善寺町と、彼のいる文善寺町は、平行世界の関係なのだとさきほど説明をうけた。どうやら私たちは枝分かれした異なる時間軸の【現在】にいるらしい。無数の【現在】が存在するなかで偶然にとなりあったふたつの世界が雪面を通じてつながってしまったのではないか、というのが彼の推測だ。彼が直面しているのは、あり得たかもしれない【現在】なのだ。

しおねさん　というのは　だれなんだろう

近藤さんの文字が雪面にあらわれる。動揺するみたいにすこしだけ字がみだれている。私がしるわけない。

へやを　たずねて　かおを　みてきてほしい

そんなの　むちゃです

へや　まちがえたふり　するといい

きが　すすまない　です

そこを　なんとか

そんな　ぎり　ない

ゆうびんきょく　あんない　したじゃ　ないか

それは　そうですが……

ああ　じんせいは　ただ　あるきまわる　かげぼうし

文字から切実なものを感じた。彼があわれにおもえてくる。近藤さんはとにかく潮音さんの正体をしりたくてたまらないようだ。私はため息をついた。寒さのせいで白くなり空気中に拡散する。

もう　わかりましたよ！

なんとも　すまない

さっそくアパートの階段をあがって二階の通路をすすんだ。205号室の扉の前に立つ。部屋の表札にも【近藤裕喜・潮音】と書いてある。耳をすましたが金属製の扉のむこうからは一切の物音が聞こえない。息をすって玄関チャイムを鳴らした。数秒ほど待ってみるが反応はない。二度、三度、ボタンを押してみる。結果はおなじだ。どちらかの実家に帰省して親と正月をすごしているのかもしれない。

るす　みたい

アパート前にもどって報告を書く。しかし、たとえ留守ではなかったとしても潮音さんが玄関先にあらわれるとはかぎらなかったのではないか。こちらの世界で暮らす近藤さん自身が玄関先にあらわれたかもしれない。そもそも私に潮音さんの顔を確認させてどうするつもりだったのだろう。雪面に似顔絵を描かせるつもりだったのだろうか。

どんな　ひとなんだ　しおねさん

あの　そろそろ　わたし　かえります

いったい　どこで　しりあった?

むし　しないで　ください

そちらの　ぼくに　といつめたい　ことがある
おそくなると　いけないので　もう　いきます
ぼくの　しあわせは　どこに？
あとは　ひとりで　がんばって　くださいね

立ち上がって背伸びをする。文字を書くときはかがんだ状態だったので足腰がつかれた。周囲の地面をおおっている雪の表面が文字で埋めつくされている。カメラを出して記念に撮っておいた。

かえりみち　あんない　する

近藤さんがようやく私のメッセージに反応してくれた。ここが町のどのあたりなのか私にはわかっていなかった。そのことを説明したわけではないのに文善寺町の地理にくわしくないことがつたわっているようだ。祖父母の家は小学校の近所にあった。そこまで行けば帰れるはずだ。

しょうがっこう　どちら　です？

ついて　おいで

うす暗い、くもり空の下で、私たちの移動がはじまった。姿のない彼の靴跡だけが雪の表面に出現する。ゆっくりとした一定のリズムの歩調である。私はそれを追いかけた。彼は何歳ぐらいのどういう人なんだろう。文善寺町の地理にあかるいらしいので何年もここで暮らしているのにちがいない。実家はほかの土地にあるのではないか。この町で生まれ育ったのならアパートを借りずにそこで家族と生活しているはずだ。結婚しているということは十八歳以上なのだろう。そういえばアパート前に雪だるまがあるかどうかを質問された。この人はむこうの文善寺町で雪だるまをつくってあそんでいたのである。男の人は十八歳以上になっても雪だるまをつくるのかとかんがえる。なんだかほほえましい。

きゅっ……。

きゅっ……。

きゅっ……。
　きゅっ……。
きゅっ……。
　きゅっ……。
きゅっ……。
　きゅっ……。

雪がちらついている。視界のなかにある、すべてのものの輪郭が、雪の粒によって途切れ途切れになり、現実なのか、夢なのかが、わからなくなりそうだった。目を閉じればきっと、すこしはなれたところに彼の背中があるように感じられるだろう。そういえば男の人の背中をあまり見たことがない。父親のいない母子家庭だったせいだろうか。

文善寺町は母の生まれ育った町である。何回か来たことはあるけれどほとんど道をしらない。私は母の運転する車の助手席にのっているだけで、一人で出あるいてほかの場所に行くようなことはしなかった。この町で私はうまくやっていけるのだろうか。一週間後、三学期の開始にあわせて高校に転入する予定だ。でも、まだ私はそうなっている自分がうまく想像できない。

真っ白でしずかな風景を見ていると次第に母のことをおもいだして息がくるしくなってくる。かなしみがほとんど物質的な重みで胸をつらぬいた。おもわず前屈《まえかが》みになりかける。

母の癖を私はすべておぼえていた。ちいさなころからずっと見ていたのだから当然だ。たとえばなやみごとがあるとき、テレビのチャンネルをＮＨＫにして音を消す。じゃんけんをするときは高い確率で最初にチョキをだす。私が母を殺した。殺したも同然だ。だれも私を責める人はいない。いないのなら、私が自分を責めなくてはいけない。

住宅地と住宅地の間の雑木林に小川がながれていた。そこにかかっている橋の上はほかの場所よりもうす暗い。川沿いに背の高い木が密集してはだかの枝をのばしている。空気がひんやりとして皮膚がちくちくと刺されるように寒かった。雪のかぶさった古めかしいその橋を近藤さんの靴跡とあるいた。この場所はしっている。母の車で祖父母の家へ行くときに通った橋である。その真ん中で近藤さんが立ち止まる。

あるきながら　かんがえてた

彼が橋の上に文字を書いた。

私はすぐさま返事をする。

なにを　ですか

ぼくたち　いがいの　ひとにも　くつあと　みえるの　だろうか

これまで近藤さんとしかやりとりをしていないが、そこに第三者が立ち会ったらどうなるのだろう。町をあるいてもほとんど人に出会わなかった。だからこれまで確認する機会がなかったのである。

みえるなら　もっと　さわがれてる　はずでは？

みんな　きづいてない　だけなのかも

ぐうぜん　わたしたち　だけが　きづいた？

スーパーに　くるまの　タイヤの　あと　あった？

なんの　ことです？

ちゅうしゃじょう　くるまの　とおった　あと

デジタルカメラを取り出す。今日は何度もシャッターを切っていた。液晶で確認してみると、だだっ広いスーパーの駐車場も偶然に一枚だけ写真におさめている。近藤さんの言いたいことがわかった。駐車場の雪面にタイヤの跡がのびている。しかしその先に車は見あたらない。スーパーにむかったらしい運転手の靴跡ものこっているが、その靴跡は雪面からふいにはじまっている。私はそれらの不思議さに気づかないで素通りしていたようだ。

タイヤの　あと　ありました

じゃあ　きまりだ

なにを　きめました?

そとに　でたひとは　だれでも　ぼくたちみたいに　できるんだ

だれでも?

つまりこの現象は私と近藤さんだけが共有しているものではないということだろう。文善寺町に降った雪が特別なのであり、たとえば私と近藤さんの波長が一致してこの奇跡が起きているというわけではない。むこうがわでだれかが車に乗ればタイヤの跡がこちらにもつく。だれかがこちらをあるけば靴跡がむこうがわにも発生する。しかしこの奇妙な現象に気づいて騒動になっている気配はない。外に出る人が極端にすくなくて平行世界との壁がうすくなっていることをほとんどの人間がしらないでいるのかもしれない。

それとも　ぼくたち　それぞれ　だれかを　さがしてたのかな

近藤さんが雪面に文字を書く。彼がどのような正月をすごしていたのかしらないけど、私は橋の上でうなずいた。その仕草は当然ながら近藤さんに見えなかったはずだ。

この町にしりあいがいない。祖父母以外は全員が他人である。心細くて不安だった。真っ白な雪のなかで私はだれかをさがしてさまよっていたのかもしれない。だから、彼を見つけることができたのだ。

かも　しれませんね

私は返事を書いた。

橋をすぎて昔からある住宅地に入る。小学校が見えてくるとなんだかさみしくなってきた。閉じた校門の前で私たちは立ち止まり、私たちの移動がおわる。

雪の表面におわかれの言葉を書いた。

ここで　だいじょうぶ

さようなら　わたなべ　ほのか　さん

はい　また　きかいが　あれば

私はあるきだす。私と彼のほかにも人の通った形跡があった。こちらの世界であるいた人の靴跡なのかむこうの世界であるいた人の靴跡なのかわからないけれど。近藤さんの靴跡は小学校前でたちどまったままうごかない。つまさきが私のほうをむいている。

彼に見送られて私は祖父母の家がある方向に角をまがった。

昼食までにもどる、と言って家を出たのに、帰り着いたときにはすでに十四時をすぎていた。私の帰りがおそいので祖父母が心配していた。コタツに入り祖父母にことわってテレビの電源を入れた。まだここが自分の家という実感がなくて自由にふるまうことはできなかった。テレビを見るときにもことわらなくてはいけないような気がしていた。テレビで天気予報をやっていた。明日、一月三日は晴れるらしい。降り積もっていた雪も昼過ぎには完全に溶けて元にもどるだろうとのことだった。

＊＊＊

小学校の前で彼女の靴跡が遠ざかるのを見つめた。彼女の住む家はこの近所にあるらしい。アパートなどは見あたらない。古い生け垣にかこまれて広い庭をもった家ばかりがならんでいる。彼女の靴跡が角をまがって見えなくなるのを携帯電話のムービー機能で撮影した。

それにしても潮音さんのことが気になった。いったい彼女はどういう人物なのだろう。むこうの【現在】にいる僕は、どこで彼女としりあったのだろう。もしかすると、たった今、思考している自分の人生は、無数にある【現在】のなかで、特にハズレの人生なのかもしれない。選択肢を誤った果ての自分なのかもしれない。だからこそ、たった今、一人で中腰になって雪面に携帯電話をむけているのだ。自分のそばにも潮音さんという女性がいてくれたらこんなことはしていないはずだ。二人であたたかい部屋でスゴロクなどであそんでいるはずだ。次第に嫉妬《しっと》がふくれあがってくる。僕め！　近藤裕喜のくせに！　恥をしれ！　まったく、こんなさみしい人生なんて何の意味もない！

「あの……」

突然、声をかけられた。いつのまにか僕のすぐ後ろに通行人が立っている。こんなところでなにをしているんですか？　警察を呼びますよ？　そう言われるんじゃないかという被害妄想で僕は動揺した。しかしその人は、雪面に書かれた文字を、真剣なまなざしで見つめていたのである。

＊＊＊

一月三日の朝、目がさめてしばらくの間、布団のなかで昨日の出来事を反芻《はんすう》した。そばにおいていたデジタルカメラをたぐりよせて、液晶パネルで写真をながめてみる。夢ではなかった。現実に起きた出来事なのだ。

起きて窓を開けると、冷たい空気に頬《ほお》がさらされて気持ちよかった。おもいきり息を吸い込んで吐き出す。昨日までの雪が庭にのこっていた。空はよく晴れている。新年が明けてはじめての晴天だ。天気予報によると、昼過ぎには雪がなくなるという。平行世界の間にあったつながりも永遠に消えてしまうにちがいない。靴跡の近藤さんのことが頭をよぎった。

朝食をとりながら祖父母の世間話を聞いた。近所に住んでいるだれそれが、どこそこの高校を受験したらしいという類の話である。やがて祖父母の会話は、昨年、文善寺町で起きた事件のことになる。数ヶ月前、川沿いの廃屋で人が殺されており、犯人もそこで焼身自殺をはかったのだという。その事件は全国的に報道されていたらしいが、私はほとんどおぼえていない。時期が母の死とかぶっていたせいだ。

祖母が私に、今日はなにをしてすごすのかと聞いた。今日も散歩をするつもりだと返事をする。すると祖父が、もうまよわないようにと文善寺町の地図を持ってきてくれた。昨日、帰りがおそくなったのは、道がわからなくなったせいだと説明しておいたからだ。

身支度を整えて玄関を出る。積もっている雪が陽光を反射して銀色にかがやいていた。昨日までのくもり空とは、あきらかに視界がちがう。様々なものが、きらきらとまぶしい。あるきながらポケットのなかで使い捨てカイロをもんだ。天気がいいとはいえまだ朝はやい時間だ。凍えるような寒さである。

昨日の記憶と地図を照らしあわせて近藤さんのアパートにたどりついた。雪がなくなってしまえば、むこうの文善寺町にいる近藤さんとはコミュニケーションをとれなくなる。雪があるうちに、もう一度、会っておくのもいいかなとおもったのである。

それとも　ぼくたち　それぞれ　だれかを　さがしてたのかな

彼の書いた一文をおもいだす。たった数時間のコミュニケーションだったけれど、別れ際はすこしだけさびしかった。しかし、アパートの前に来てはみたものの近藤さんの靴跡は見あたらない。みんなが寝静まっている間、また文善寺町に雪が降ったのだ。私たちがつけた靴跡や文字のならびは、あたらしく降り積もった雪のせいですっかり消されていた。アパートの周囲は、ほとんどまっさらな雪面にリセットされている。雪がかぶさって消えかけの靴跡がひとつ、のこっているけれど、あきらかに近藤さんのものではない。細身の靴跡だから、もしかしたら女性の靴かもしれない。近藤さんがむこうの世界で外出すれば、その靴跡がここに出現するはずだ。階段のそばにでもすわって、それを待つことにしよう。

おや？　私は首をかしげた。壁に設置された集合ポストの下に、一枚だけ年賀状が落ちている。好奇心にかられてひろってみた。２０５号室あてにとどいたものだ。宛先の名前は【近藤裕喜様・潮音様】。昨日、ポストを開けてなかをのぞいたとき、すべり落ちてしまったのだろうか。ポストのなかをのぞいてみる。昨日は入っていたはずの年賀状が見あたらない。急に心臓が高鳴ってきた。年賀状が回収されているということは、二人が部屋に帰ってきている可能性がある。回収したときに、この一枚を落としてしまったのかもしれない。

階段をのぼって、２０５号室にむかった。年賀状が落ちてましたよ、という名目で部屋をたずねてみようとおもったのだ。きっとそれなら不自然ではない。緊張しながら玄関チャイムを鳴らす。数秒ほど待ってみた。出てくる気配はない。扉のむこうがわからは昨日とおなじで一切の物音がしなかった。

扉の前で年賀状をながめる。差出人は【島中ちより】という女性だ。数種類のあざやかなサインペンで新年のあいさつが書いてある。


潮音先輩！

結婚しても、職場の飲み会、きてください！

先輩のいない、飲み会なんて！

私は正月の間、家でゲームざんまいです！

今年の目標は、借金返済です！

島中ちより

これを書いた人は潮音さんとおなじ職場ではたらいているらしい。ある計画をおもいついた。年賀状の表面と裏面をデジタルカメラで撮影して、扉の新聞受けにそっとさしこんでおく。年賀状には差出人である島中さんの住所も書いてあった。カメラの液晶画面でそれを確認し、祖父にもらった地図をひろげる。あるいて行ける範囲に島中さんは住んでいた。

むこうの世界にいる独身の近藤さんに、潮音さんの情報をおしえてあげよう。私はそうかんがえたのである。自分を受け入れてくれた潮音さんという謎の女性に彼は興味を持っているようだ。しかし名前以外のことはなにもわかっていない。運命の相手かもしれないのに、このまま出会わないというのは、すこしかわいそうだ。彼女に出会わなかったら、一生、独身の可能性もある。近藤さんのことをほとんどしらないけど、勝手にそんなしんぱいをしてしまう。そこで、私が潮音さんに関する情報を見つけてきて、彼に報告してあげるというのはどうだろう。おせっかいだろうか？　でも、どうせほかにやることもないのだし。

アパートをあとにして島中さんの住所を目指してあるきはじめた。雪におおわれた住宅地を通りぬけて坂道をのぼる。丘の上に出ると町を一望できた。あいかわらず、どこもかしこも真っ白である。三学期から私の通う高校がずっと遠くに見えた。年賀状に書いてあった島中さんの住所には、アパートかマンションらしき建物の名称と部屋の番号が含まれていた。飲み会のことが書いてあったので彼女は二十歳をすぎている可能性が高い。文字が若々しいのでそれほど年配ではないとおもう。重要なのは潮音さんとおなじ職場ではたらいているということだ。つまり彼女がどこではたらいているのかをさぐれば潮音さんの勤め先も判明するというわけだ。この正月にも部屋でゲームをしているという島中さんなら、留守にしているはずがない。市の調査員のバイトを装い、アンケートをとるふりをして、仕事のことを質問してみよう。【借金返済】という一文が気になるけれど、ひとまず今はかんがえないことにする。

丘を越えて下り坂になる。目の前を猫がよぎった。ちいさな足跡が雪面にのこる。昨日までは外をあるいても猫にさえ出会わなかった。何もかもが息をひそめたように町はしずまりかえっていた。しかしあらためて耳をそばだててみると、今日は様々な物音が聞こえてくる。家のなかで子どもの泣いている声。鳥のさえずりや枝から雪の落ちる音。どれも昨日まではなかったものだ。もうすぐ日常がもどってくる。降り積もっていた雪が溶けると同時に。そう予感させられた。いそがなくてはいけない。

しかしそうはうまくいかなかった。途中で迷子になってしまったのである。祖父にもらった地図が古いのだ。載っていない道がいくつかあって私を混乱させた。自分のいる場所がどこなのかわからない。地図をしまって直感にしたがい雪におおわれた道をすすんでみる。曲がり角にさしかかると、こちらのほうに物語が眠っているんじゃないか、とおもえる方向にふみだした。文善寺町の様々な風景が目の前にあらわれる。

風船のように、まるいおなかの警官が、コンビニに入っていくのを見た。

商店街のシャッターに、黄色のペンキで王冠のマークが落書きされている。

バス停のベンチにすわって分厚い本を読んでいる女の人がいた。帽子をかぶり手袋をはめて防寒対策はばっちりだけど奇妙なことがある。その人の肩や頭の上に雪がかぶっているのだ。私の目がさめたとき、すでに雪は止《や》んでいたはずだ。おなじ町とはいえ、このあたりではさっきまで雪が降っていたのだろうか。いや、空は晴れている。雪を降らせるような雲は町の上空に見あたらない。ベンチにおいてある彼女の鞄《かばん》が倒れている。中身の財布やら、ポーチやら、煉瓦《れんが》みたいに分厚い数冊の単行本やらが飛びだしていた。彼女は読書に夢中で、そのことに気づいていないらしい。声をかけて鞄のことをおしえてみる。

「あ、たいへん！」

彼女は立ち上がって鞄の中身をかきあつめる。回収作業がおわると、ほっとした様子になり、鞄からはみ出ていたチラシを一枚、私にむかって差し出した。

「あの、もしよければ、これ、どうぞ」

チラシには【図書館だより】と書いてある。図書館員がおすすめの一冊を紹介しているエッセイや今月の行事、年末年始の開館時間のおしらせが掲載されている。

「この町、図書館があるんですね」

「【物語を紡ぐ町】ですからね」

「え？」

「文善寺町のキャッチコピーです」

その人はやさしそうな笑みをうかべる。しかしよく見ると唇が真っ青だった。はやく体をあたためたほうがいいのでは、とおもわせる色だ。長時間ここにいるのだろうか。

「……バス、ずっと来ないんですか？」

彼女はバス停の標識をふりかえり、首を横にふる。

「いいえ、バスを待ってたわけじゃないんです。ほら、バス停のそばに街灯があるでしょう。ベンチもありますし。ここで一休みして読書してたんです。昨日から」

「昨日？」

「実家に持っていった本をすべて読み終えてしまったので、深夜にアパートまであたらしい本を取りに帰ったんです」

「その帰り道に一休みして、今まで本を、ということですか？」

「つい、うっかり、熱中しちゃって」

「凍死しますって」

「だから、冬は外で読まないほうがいいって、家族によく言われます」

彼女の話していることをどこまで本気で受けとっていいのやら。しかし、それが本当だとしたら、肩や頭に雪がかぶさっていたことにも納得がいく。まだ雪の降っていた昨晩のうちからここにいるのだとしたら。真偽はわからないけれど、【図書館だより】をもらい頭をさげてその場を立ち去った。

人生はただあるき回る影法師。昨日、近藤さんが書いた言葉である。あるき回ってつかれてくると、その一文が頭をよぎった。結局、島中さんの住んでいる建物は見つからない。潮音さんのことはなにもわからないまま日が高くなっていく。水滴の落ちる音がいたるところから聞こえてきた。家の軒先や、電線、木の葉にのっていた雪が溶けてしたたる。いよいよ文善寺町が通常業務へともどるのだ。犬の吠える声、車の通る音、様々な気配がつたわってくる。公園の前を通りかかったとき、見覚えのある靴跡を発見した。近藤さんの靴跡だった。

4

彼の靴跡は公園の入り口からベンチの方向へまっすぐにのびている。ベンチの足もとが靴跡の終着点で、そこからどこかにむかってあるきだした様子はない。一月一日にはじめて彼の靴跡を発見したときとおなじ状況だ。しかし異なる点もある。公園の遊具で子どもたちがあそんでいるのだ。にぎやかな声があたりにひびいている。

「へんなの！　なにこれ！」。子どもの一人がそうさけんで地面を指さしていた。雪の表面に出現する靴跡を発見したらしい。むこうがわの文善寺町でも子どもたちがあそんでおり、その靴跡がこちらの雪面にも次々と出現しているのだ。しかしほかの子どもたちはそれぞれ自分のあそびに夢中である。

近藤さんの靴跡をたどってベンチにちかづいた。彼がすわっているとおもわれるあたりは雪がはらわれている。ほっとした。再会しないまま雪がすっかり溶けてしまう展開も想像していたからだ。彼のとなりにならんで腰かけようとする。そのとき近藤さんの靴跡がうごいた。接近する私の靴跡を見つけてベンチから立ち上がったらしい。雪面に指先ほどの大きさの穴がひらき、ずぼっ、ずぼっ、とうごいて文字を形成する。書き殴るような字体だ。いそいでいるような雰囲気があった。

ほのか　さん？

いますよ

さがしてた

それは　どうも

指先で文字を書いたとき、雪が昨日まではずいぶんちがっているのに気づいた。ふわふわとした感触がなくなって、シャーベット状になりかけている。私はさらに文字を書こうとした。今までなにをしていたのかを彼につたえようとしたのだ。潮音さんの情報を入手することはできなかったが、そういう努力はしたのだと報告をしたかった。しかしその前に近藤さんが文字をならべる。あせるような線だ。

きみは　じゃんけんに　かった？

その一文を前に私はうごけなくなる。心臓がとまるかとおもった。あのことを、どうして彼がしっているのだろう？　つづけて彼が文字を書いた。

きのう　きみの　おかあさんに　あったよ

＊＊＊

天気予報によると今日の昼過ぎには雪が溶けてしまうという。それまでに再会できてよかった。雪面にのこされた靴裏の縞模様を見て僕は安堵《あんど》する。今、むこうがわの文善寺町で、彼女はどのような表情をしているのだろう。その靴跡は僕の書いた文字の前でうごかなくなった。

渡辺ほのか。

十六歳の高校一年生。

昨日、僕は彼女の母親に会った。

小学校の前まで彼女を送ったときのことだ。雪面の文字をムービーで記録するため、携帯電話をむけていると、いつのまにか僕の背後に女性が立っていたのである。その人は雪の表面に書かれた文字を真剣に見つめていた。

ここで　だいじょうぶ

さようなら　わたなべ　ほのか　さん

はい　また　きかいが　あれば

真っ黒なコートを着た四十代くらいの女性である。飾り気がなく、近所の散歩に出かけてこの場所を通りかかったという印象だった。すらっとした立ち姿と髪の毛を後ろに束ねて長い首を出している様子が、バレエ教室かなにかの先生のようだった。

「ほのか……」

彼女はつぶやいた。その名前を発音することに慣れているようだった。この女性は【わたなべほのか】の身内かしりあいだろうか。彼女は問いただすように僕を見る。雪面を撮影するために僕は中腰のままだった。あわてて立ち上がって言いつくろう。

「あ、ええと……、帰り道がわからないみたいだったんで、ここまで案内したんです……」

「だれを？」

彼女は眉間《みけん》にしわをよせる。僕を問いつめているというより悲痛にたえるかのようだ。僕は雪面のやりとりに視線をむける。【わたなべほのか】という名前がそこに書いてある。彼女はたじろいだ。

「ほのかが迷子に？」

返答にこまる。迷子になっていたのは平行世界の文善寺町にいる【わたなべほのか】である。こちらがわの文善寺町にいる【わたなべほのか】に裏をとったら、迷子になんかなっていないし、僕なんてしらないとこたえるにちがいない。そうなるとやっかいだ。

事態がややこしくなる前に、僕はこの場をはなれて逃げ帰ったほうがよさそうだ。

「あの、じゃあ、僕はこれで……」

頭をさげて彼女のわきを通り抜けようとしたときだ。

「待ってください！」

切実な声におもわず足をとめた。彼女は身をかがめて、雪面の文字に指先でふれる。

そばにあった靴跡に気づいて、はっとした顔になる。

「ほのかに、会ったんですね？」

肯定も否定もできなかった。あれを会ったと言っていいのかどうか説明がむずかしい。

曖昧《あいまい》な反応を見せる僕に彼女は言った。

「私は、ほのかの、母親です」

「ああ、そうなんですね」

なんとなくそういう気はしていた。しかし次の言葉は完全に予想外だった。

「でも、あの子は三ヶ月前に死にました」

もしも時間があれば詳細な話を聞かせてほしいと請《こ》われて彼女の家へ案内された。渡辺ほのかの靴跡が雪の表面に点々とつづいており、その家の玄関までつながっていた。

平行世界で彼女は無事に帰宅したようだ。渡辺ほのかの母親は直立した姿でその靴跡をじっと見つめていた。ほんのすこし手で押したら、今にも膝《ひざ》を折って泣き出してしまいそうな様子だった。僕のいる世界において、渡辺ほのかという少女は、すでに火葬され、肉体を消滅させているという。それなのに二本足で闊歩《かっぽ》している形跡が雪面にのこっているのだ。その光景を目《ま》の当たりにした彼女の母親の心中は想像しがたい。

古い一軒家には渡辺ほのかの祖父母も暮らしていた。彼女の母親の生家らしい。りっぱな仏壇にかざられている写真で彼女の姿をはじめて目にした。高校の制服を着て彼女はピースをしていた。出されたお茶を飲みながら、彼女としりあった経緯を隠すことなく正直に話した。平行世界のこともすべてだ。話しているうちに、こりゃだめだと、何度もさじを投げそうになった。こんな現実みのない話、しんじてもらえるわけがない。しかし、そもそも友人を相手にこの話を披露するつもりだったのだ。自分はどうかしてた。こんな出来事が現実にあったなんて、納得してもらえるわけがない。携帯電話で撮ったムービーを見せても、彼女の祖父母は僕をうたがったままである。昼間のことが現実だったのかどうか、僕も自信がなくなってくる。

僕を追い返そうとする祖父母を止めて、渡辺ほのかの母親がどこからか段ボール箱を持ってきた。箱はガムテープで封をされている。まだ一度も開けられたことがないというのを祖父母に確かめさせた。一度でも開けられていたなら、テープをはがしたときの痕跡が箱の表面にのこっているだろう。

「これは、あの子の遺品です」

渡辺ほのかの母親は箱を開けてなかからスニーカーを取り出した。玄関先に移動してその靴裏を雪の上に押しつける。雪面にできた靴跡は、あらかじめ玄関先につづいていた渡辺ほのかの靴跡とまったくおなじものだった。それを見ても祖父母はまだ僕を詐欺《さぎ》師《し》あつかいしたけれど、どうやら母親はしんじてくれたようだった。

おかあさん　しんだ　はず

渡辺ほのかの靴跡がようやくうごきを見せる。公園の雪面に彼女の文字が出現した。遠くにある遊具で子どもたちがあそんでいる。溶けはじめて固くなった雪を手でつかみ、友だちにむかって投げつけていた。

そうか　きみの　せかいでは

わたしの　せかい?

こちらでは　しんだの　きみなんだ

三ヶ月前に起きた出来事を彼女の母親から聞いた。その日、どちらが買い物に出かけるかを彼女たち母子はじゃんけんで決めたという。母親はチョキを出し、渡辺ほのかはパーを出した。彼女が家を出発して十分後、遠くから救急車のサイレンが聞こえてきたという。はねた運転手は、走行しながら音楽CDを入れ替えようとして、ハンドル操作をあやまったそうだ。

石鹸水にストローを入れて、息を吹き込み、無数のあぶくをふくらませるみたいに、宇宙が選択肢のたびに枝分かれして、増幅し、ふくれあがっていくというのなら……。運転手が音楽なんて聴かずに事故をおこさなかった世界もあるはずだ。母子がふたりとも事故にあわないですんだ世界もあるだろう。たとえば母子がいつまでもあいこを出してしまい、買い物に出かけるのがおくれて、事故を直前でまぬがれるという世界もあるはずだ。あるいはふたりで買い物に出かけてふたりとも事故にあった世界もあるだろうし、事故にあったとしても軽傷ですんだ世界もあれば、一生のこる障害を負った世界もあるだろう。

じゃんけん　おかあさんに　かちました

彼女のいる世界で買い物に出かけたのは母親のほうだったらしい。母親は事故にあい、渡辺ほのかは一人のこされたのだ。それ以上くわしいことを聞き出している時間はない。周囲の樹木や遊具から水滴のしたたりおちる音がする。太陽が次第に高さをましていた。今日ばかりはこの晴天をうらめしくおもう。僕はいそいで雪面に文字を書いた。

あんない　する　ついてきて

どこに？

おかあさんの　ところ

返事が書きこまれるのを待っている余裕はない。僕はあるきだした。ためらいながらも彼女の靴跡が僕についてくる。固くなった雪をふむと、かき氷にスプーンをさしこんだときのような音がする。携帯電話をとりだして、彼女の母親に電話をした。

「もしもし？　今、どこです？」

通話口にむかって話しかける。僕たちは一時間ほど前まで家やアパートの前にのこされていた渡辺ほのかの靴跡をいっしょに追いかけていたのだ。しかし、商店街のアーケードに入ったところで雪が消えてしまい靴跡がなくなってしまった。しかたなく手分けして文善寺町をあるきまわり、渡辺ほのかの靴跡をさがしていたのである。姿を見ることはできないが、雪面を介して娘と交流できる最後のチャンスなのだ。この奇跡を逃したら、もう二度と、母子は言葉のやりとりをすることはできない。渡辺ほのかの母親は自宅の近所にいた。娘がもどった可能性にかけたのだろう。

「わかりました。中間地点で合流することにしましょう」

自宅の近所まで移動している時間はない。雪解けの前に母子を再会させるには中間地点でまちあわせたほうがいい。頭のなかで地図をひろげてよい場所はないかとかんがえる。

「橋の上にしましょう！」

昨日、渡辺ほのかといっしょに通った橋だ。住宅地と住宅地の間に雑木林があり、そこをながれている小川に橋がかかっていた。周囲の木が陽光をさえぎってくれるおかげで、すこし暗くて、空気もひんやりとする場所だ。そこなら雪もしばらくは溶けずにのこっているだろう。

公園を出て橋の方向にむかってすすむ。渡辺ほのかの靴跡は斜め後方にくっついてきている。ほっとした。「おせっかいなことをしないで！」などと言われて反抗されたらどうしようかとおもっていた。僕は彼女たち母子とは何の関係もない赤の他人である。そうまでする義理はない。しかし、はなればなれになった二人を今ここで引き合わせなかったら後悔するような気がした。彼女を母親のところまで導く案内役になろうと決めたのだ。立ち止まって行き先を彼女につたえるべきだろうか。いや、このままついて来させればいいだろう。今は時間がおしい。しばらくして、そうしたことを後悔する。

＊＊＊

道をおおっていた雪に、突然、二本の直線が走った。それぞれの線は平行を保ち、交差する様子はない。角をまがるとき、それぞれの線にかさなっていた、もう二本の線がずれて雪面に出現する。どうやらそれは車のタイヤの跡らしいとわかる。車体は見あたらずにタイヤの跡だけが雪面を走るように出現したのである。

私が存在している文善寺町のほうでは、すこしおくれて反対方向から車がやってきた。徐行するような速度で、ゆっくりと私のそばを通過しようとする。その直前、斜め前をあるいていた近藤さんの靴跡が車の前へ飛びだした。

「あぶない！」

私はおもわずさけんでしまう。近藤さんの靴跡は車のタイヤにふみつぶされてしまった。しかし車がすぎさったあと、何事もなかったように、ひとつ、またひとつと、雪面に靴跡をのこしながら、彼は道の反対側にわたり終える。そうだった。実際に車が通ったのはこちらの文善寺町であり、彼のいる文善寺町では雪面にタイヤの跡が出現したにすぎない。

私は胸をなでおろしながら、事故死した母のことをおもいだす。買い物に出かけていく母の背中に「いってらっしゃい」と声をかけた。「いってきます」と母は返事をする。それが最後の会話になった。走行しながら音楽CDを替えようとした運転手の不注意で、それきり母はもどってこなかった。母がチョキを出すことはわかっていた。母ときたらじゃんけんをするとき、九割の確率で最初にチョキを出す。気まぐれにわざと負けて、母のかわりに買い物へ行ってあげようかともかんがえたけれど、私は自分の時間を優先した。勝ちに行ったのだ。母を負かして、買い物に行かせた。母が死んだのは私のせいだ。私が殺したようなものだ。

あんない　する　　ついてきて

どこに?

おかあさんの　ところ

近藤さんのいる文善寺町では、母が生きて暮らしているという。彼が嘘《うそ》をつく理由はない。じゃんけんのこともしっていた。彼は私の母から直接、事故の詳細を聞いたのではないか。母が生きている。死んだはずの母が。鼻の奥がじんとしてきた。近藤さんの靴跡を追いかけながら視界がにじむ。

シャク……。

雪をふむとそんな音がする。固くてしめったような音だ。涙が出てこないように息をとめ、近藤さんの靴跡のすこし後ろをついて行く。あるきながら彼と言葉のやりとりをすることはできない。だから無言であるくしかない。青空の下、町にかぶさっていた白い雪が水滴になって消える。その下から常緑樹の緑やアスファルトの黒、郵便ポストの赤が見えてくる。雪解け水が側溝をながれる音がした。

彼の靴跡を追って角をまがる。そのとき、突然、目の前に男の人があらわれた。避《よ》ける間もなく衝突してころんでしまう。泥水でよごれた地面に手と膝をついてしまった。

「すみません！」

男の人は私をたすけ起こしてくれる。よごれた服を見てハンカチを取り出そうとした。

「あ、だいじょうぶです！　こちらこそ、すみません！」

近藤さんは私が転んだことに気づいていない様子だった。歩幅も速度も変えずに、前へ前へといそいでいる。こちらの声や物音は彼に聞こえていないのだからしかたない。

男の人に頭をさげて彼の靴跡を追いかけようとする。そのとき子どもたちの集団が私の前を通りすぎて足止めをくらった。一昨日《おととい》も昨日もこの道を通ったけれど人には出会わなかった。すべての生物が冬眠してしまったようにしずかだった。しかし雪が溶けはじめて日常がもどろうとしている今、ずいぶんにぎやかになっている。子どもたちが通りすぎたあと、地面には無数の靴跡ができて、近藤さんのあるいた形跡は消されていた。私は地面に顔をちかづけて、雪の表面のでこぼこを観察する。雪面は昨日までのようにまっさらではない。車やバイクの通りすぎた形跡、大勢の歩行者の通った形跡がある。白色のなかに泥の黒色がまじってまだら模様だ。

近藤さんの靴跡はすこしはなれたところに見つかった。点々と彼のあるいた形跡がのこっている。それをたどって彼に追いつこうとした。まだそんなにはなれてはいないはずだ。靴跡の先頭にいる彼のところまですぐに追いつけるはずだ。雪が溶けて彼の靴跡を見えにくくしている箇所があった。車や歩行者が行き交って彼の靴跡を消してしまう。路面の雪かきをしている住人が、彼の靴跡ごと雪をシャベルですくいとって道の脇にほうりなげる。それでも途中までは彼の靴跡らしきものを見分けることができた。私はあせる気持ちをおさえきれず足早になる。通行人に何度もぶつかってそのたびにあやまる。ころんだとき、ついた手のひらが、地面とこすれて血をにじませていた。服も泥水でよごれている。こちらの文善寺町で雪がふまれると同時に、むこうがわの文善寺町でも雪はふまれている。雪面にのこる靴跡やタイヤの跡は二倍の速さで生じている。せっかくのこっていた近藤さんの靴跡が、大勢の歩行者の靴跡にかき消され、やがて判別できなくなった。

「近藤さん！　待って！」

私はおもわず声をあげた。

「どこにいるんですか！」

何人かの歩行者がふりかえってこちらを見る。

「どこに行けばいいんですか!?」

＊＊＊

最後に彼女の靴跡を見た場所までもどったけれど、それらしい靴跡は見あたらなかった。急速に文善寺町は普段の様子にもどろうとしている。寒そうに肩をすぼめて歩行者が行き交っていた。昨日までの人気《ひとけ》がない風景を想像してこの道をえらんでしまった。しかしおもいのほか通行人がいる。そのせいなのかどうかわからないが彼女とはぐれてしまった。家々の屋根に積もっていた雪が、溶けて水になり、雨樋《あまどい》をつたって流れていた。枯れ木の枝に雪解け水の透明な滴《しずく》がならんでかがやいている。

「ほのかさん！」

僕は彼女の名前を呼びながら中腰になり、見知ったスニーカーの靴跡をさがした。雪面はでこぼこして泥でよごれている。道の中央あたりにはもうほとんど雪がない。完全に彼女を見失っていた。こんなことになると予想できていたなら、立ち止まることをいとわずに、行き先を告げておけばよかった。そうしていれば橋の上で彼女と合流できたはずだ。

「ほのかさん！　どこにいるんです⁉」

何人かの歩行者がふりかえってこちらを見る。周辺をあるきまわって彼女の靴跡をさがす。腕時計を確認した。もうじき正午である。このままではいけない。何か方法はないだろうか。周囲に視線をさまよわせていると、塀の足もとや建物の陰などに、まだ白いままのこされている雪面を見つけた。歩行者が通らないような、町のわずかな隙間に、雪がのこっていた。

＊＊＊

道の端にたまっていた雪解け水をふんで車が通過する。ゆれてひろがった泥水が雪面にかぶさって茶色にそめる。手のひらの傷が痛くてしびれてきた。近藤さんの靴跡が見つからないまま、私はおなじ場所を何度も行ったり来たりする。飛行機が晴天の高いところを飛んでいた。母のところへ案内すると彼は書いた。私の家にむかってあるいていたのだろうか？　もしもそうだとしたら【案内する】とは書かずに【家にもどろう】という表現になるのではないか。今朝《けさ》、祖父にもらった地図を取り出す。古い地図だが、今はこれにたよるしかない。現在、自分がいるおおまかな場所を地図で確認する。祖父母の家まではずいぶん遠い。そこまで移動する間に雪は完全に溶けてしまうだろう。彼はどこか別の場所で母と合流するつもりだったのではないか？　そこに私を案内しようとしていたのではないか？　自分が彼の立場だったらどうする？　母と、どこで待ち合わせをする？

「近藤さん！」

私は声を出しながらあるいた。水たまりをふんで靴下がすっかり濡《ぬ》れている。足のつまさきが凍えるように冷たい。その場にすわりこんでしまいたかった。朝からずっとあるいていたのだ。疲労が体全体を支配する。

「近藤さん！　どこですか！」

犬の散歩をしている歩行者にぶつかりそうになる。犬が私にむかって吠えた。責められたような気がして泣きそうになる。

「近藤さんってば！」

くじけそうになった。

そのとき、私は視界のすみで、それを発見する。

建物の陰になっている場所に、膝くらいまでで切りそろえられた低い植え込みがあった。その上に、綿の布団をかぶせたように白い雪がのっている。日陰だから溶けてもいない。植え込みの上だから靴跡もついていない。そこに文字が書いてあった。

はし　の　うえ

近藤さんの文字だ。まちがいない。あらためて注意深く周囲をさがす。マンションの入り口の脇や家と家の隙間など、だれも通らないような日陰の場所に、まだ白い、まっさらな雪面がのこっている。歩行者が素通りしてふりかえらない町の片隅だ。そこにかろうじてのこっていた雪の表面にメッセージがのこされていた。

きのう　とおった　はし

次々とメッセージは見つかった。手のひらほどの大きさしかない雪面にさえ文字が書かれている。

はし　で　まつ

私が見つけやすいようにできるだけたくさんのメッセージをのこしておいてくれたのだろう。

いっしょに　あるいた　はしのうえ

＊＊＊

太陽に照らされている場所はすっかり雪が溶けてしまった。昨日までの真っ白な風景はもうどこにもない。すぎさってみるとあの景色は夢だったんじゃないかとおもえてくる。住宅地と住宅地の間にある雑木林に僕はむかった。道の両側の茂みは葉を落としてほそい枝しか見あたらない。寒々しい、くすんだ色合いの場所である。ユトリロの絵に迷いこんだようだ。

雑木林の奥へ入っていくと、空気がひんやりとしてくる。木の根元にのこっている雪の量もおおくなった。昨日、渡辺ほのかといっしょにあるいた橋が前方に見えてくる。橋の上にはまだ白いものがのこっており、ほっと胸をなでおろした。葉を落としているとはいえ、周囲の雑木林が陽光をいくらかさえぎっていたらしい。冬枯れの風景に、黒いコートを着た女性の姿があった。

反対側の岸、橋の袂《たもと》のあたりで寒そうに白い息を吐きながら彼女は立っている。渡辺ほのかの母親だ。僕はその人にちかづき、渡辺ほのかと離ればなれになったことを説明して深くわびた。僕たちにはもうなにもできなかった。渡辺ほのかが僕のメッセージを見つけて、ここにやって来てくれることを、ただ待つことしかできない。

小川の水が昨日よりも増している。雪解け水が流れこんでいるのだ。たくさんの落葉がういていた。橋にのこっている雪は、ほかの場所にくらべておおいというだけで、完全にまっさらな状態というわけではない。車の通った形跡がいくつもある。僕たちはあるきまわらずにおなじ場所でずっと立っていた。あるけばあるくほど、雪面に靴跡がのこってしまう。渡辺ほのかがここに到着したとき、母子がメッセージをやりとりできる空白を、できるだけのこしておきたかったのだ。

「ごめいわくを、おかけして、すみません」

枯れ木だらけの風景をながめて渡辺ほのかの母親が言った。

「いえ。もっと僕が、しっかりしてたら、今ごろは……」

「でも、近藤さんが、あの子を見つけてくださらなかったら、何も起きなかったんです」

僕は恐縮する。どうせ暇な正月をすごしていたのである。ひとりきりの、寂しい正月を。渡辺ほのかの母親が、赤く目をはらしていた。

「だいじょうぶですか？」

「昔のことを、おもいだしてたんです。あの子が、はじめて、あるいたときのことを……」

「赤ん坊のころですね」

彼女が息を吐く。鼻のまわりまで赤い。

「私は両手を広げて、待っていたんです。あの子が、よろめきながら、二本足であるいてくるのを。手をさしのべたくなるのをこらえて、待っていたんです。ころんでも、たちあがって……。あの子、笑顔だったんです。私がいなくなっても、あるいてるんですね。近藤さんから話をうかがって、ほっとしました」

橋の下にながれる小川の、ずっと下流のほうに僕は目をむける。あるきはじめたとき自分もそうだったのだろうか。手をさしのべる母のところまであるく練習をしていたのだろうか。最初のゴール地点は母の腕のなかだったのに、いつのまにか故郷をあとにして、ずっと遠いこの町で暮らしている。まったく人生というのは先の見えない道のようだ。懐中電灯を持たされない状態で夜道をあるかされているようなものだ。すこしくらい、夜道を照らしてくれるような出来事があってもいいのに。

頭上から明るい日差しがふってくる。もう雑木林がさえぎれるような角度ではなくなった。じきに橋の上の雪も完全に溶けるだろう。僕は腕時計の針を見つめる。

「さがしに行ってきます」

あるきだそうとしたとき、かすかな音がした。シャーベットをふむような音だった。僕たちは反対側の岸をふりかえる。橋の袂にのこっている雪の表面が靴裏の形にへこんでいた。僕たちのいるほうに、一歩、また一歩、靴跡があらわれてちかづいてくる。母子の再会する光景を見ながら、昨日、かんがえたことはまちがいだったとおもう。無数にある【現在】のなかで特にハズレの人生。選択肢を誤った果ての自分。こんな人生に意味はないとかんがえたこと。だけどもし、僕がだれかといっしょにいたなら。だれかと幸せに部屋でくつろいでいたなら。はたして渡辺ほのかの靴跡を見つけていただろうか。きっと僕たちはおたがいを発見しないままだったろう。彼女はだれにも見つけてもらえないまま雪の町をさまよっていたかもしれない。会いたい人のところに彼女を案内してくれるだれかはこの町にいなかっただろう。だから僕がたった一人きりでいることにも意味があったのではないか。

シャク、シャク、という、溶けかけの雪をふむ音に、僕は耳をすませる。

5

一月四日の朝、カーテンを開けるとすっかり元通りの文善寺町がひろがっていた。窓辺であくびをしていたら外にいるアパートの管理人さんと目があってあいさつをした。

「やあ、近藤くん」

「おはようございます管理人さん」

「今日はあたたかいね」

「昨日までとは、おおちがいです」

「私はね、年が明けてからずっと、あんまり寒いから、一歩も部屋から出なかったよ」

管理人さんは笑った。昼ごろにコンビニへ出かけようとしたら、今度はおなじアパートに住んでいる大学生の男の子に遭遇した。彼とは歳がちかいこともあり、たまに話をする関係だった。

「ひさしぶりだね。ずっと見かけなかったけど、帰省してたの？」

「いいえ、部屋にこもって寒さにふるえていました」

彼の声は弱々しい。うまく声が出ていなかった。

「すみません、声がちいさくて。人と話をするのは、今年に入って、これがはじめてなんです……」

「彼女さんと初詣に行かなかったんだね」

「え？　僕にそんなのいませんよ」

「でも、昨年末、女の子とラーメン屋にいなかった？」

「ああ、そういうことか。見られてたんですね。でも、誤解しないでください、あの子は大学の後輩なんです。バイト先もいっしょで」

「なんだ、そうなのか。それはわるいことをした。仲むつまじい様子で話しているきみたちを見て、【不幸になれ！】とつよく念じてしまったんだ」

「なんでそんなことするんですか！」

彼とわかれて階段をおりる。ダル吉とダル子は昨日の時点ですっかり溶けてしまって跡形もない。アパート前で藤森さん父子に遭遇した。二歳になる広也《ひろや》くんをカラフルなプラスチック製の車にのせてあそばせている。

「あけましておめでとう、近藤くん」

「おめでとうございます、藤森さん。広也くん、元気だったか？」

二歳の少年はこぶしをふりあげて元気なところを見せた。

「こっち、ずいぶん降ったらしいね、雪」

「昨日の昼過ぎまで積もってましたよ」

「見たかったなあ。年末から、ちょうど実家にもどってたんだよなあ」

コンビニに行く途中、大勢の人とすれちがった。自販機の前にあつまっている中学生のグループや、犬の散歩をしている近所の奥さん、ジョギング中の青年や、ゆっくりと歩行するお年寄り。全員、この町でよく見かける顔ぶれだ。文善寺町はすっかり日常をとりもどしている。

正月に恋人と書き初めをしてすごしていたという友人から電話がかかってきた。

「近藤、約束はおぼえているだろうな」

耳にあてた携帯電話から不敵な声が聞こえてくる。

「みんなをあつめて、どちらがより有意義な正月をすごしたのかを判定してもらうという、例のあれだな？」

「その通りだ」

「それなら、やるまでもない」

「なぜだ？」

「勝負はついている。つまり、僕の負けだ」

電話のむこうから嘲笑《ちょうしょう》が聞こえてくる。

「おまえの正月は雪だるまと会話するという不毛に終始したらしいな」

「いや、まあ、それなりにいろいろあったのだ。しかし負けは負けだ。なぜなら僕は、きみにむかって吐いた暴言を、そっくりそのままぶつけられてもしかたのない人間だと気づいたのだ。おぼえているか、僕の言ったことを。きみのように恋人といちゃついておれば、凡庸な世界観しか生み出せないと言ってしまったのだ」

「書き初めで【愛】と書いたことについて、破廉恥とも言ったぞ」

「ああ、それは破廉恥だ。死ね。でもそれとは別に、僕はきみに対して、心ないことを言ったと反省しているのだ。だから負けでいい」

「成長したな。なにがあった？」

「自分が女の子としりあいになってくっついている可能性を検討してみたのだ。そういう世界をほんのすこしだけ垣間見《かいまみ》たのだ。自分もそうなるとしったとき、自分のしっている自分は、自分ではないとおもったのだ。そして次に起こったのは羨望《せんぼう》だった。女の子とくっついている自分自身への羨望だ。あれほどの暴言をきみに吐いたくせに、心の底では自分もそうなりたいとおもっていたのだ。そのことに無理矢理、気づかされたのだ。今の僕はもう、きみを責められない」

「責められない？　さっき、死ねと言われた気がするが……」

「書き初めで【愛】？　馬鹿じゃないのか？　死ね！　まあそれはともかく、自分がきみに嫉妬していたことに気づいたのだ。ひとりでいると独自の世界観が築かれるからいい、というのもでたらめだ。きみの言う通り負け犬の遠吠えだったんだ。だから負けでいい。そのことに気づかされた正月だったよ」

「ふん、そうか、なるほどな。では、この勝負、どうやら近藤の勝ちらしいな」

「なっ……！」

「今のおまえは、俺のしっているおまえではない。有意義な正月だったな」

高笑いをのこして、友人は電話を切った。僕は肩をすくめる。なんだ、この茶番は。まあいつものことだけど。

ふとおもいついて、市立図書館へ立ちよってみることにした。川の土手で子どもたちが凧揚《たこあ》げをしている。凧が風をうけて青い冬空に高々と上昇していた。橋をわたり住宅地をぬけて図書館が見えてきた。元日から昨日まで閉館していたらしい。入り口を抜けると、暖房のきいた屋内に、老人から子どもまで大勢の人がいる。図書館独特のしずかな気配があった。ここに来てみようとおもいたったのは、渡辺ほのかがのこしたメッセージのせいである。

としょかん　そこに

彼女はさらにつづきを書こうとしたようだが、すでに雪は文字を書けるような状態ではなかった。【そこに】のあと、どのような文章がつづいたのかわからないままである。それに僕への連絡事項なんていいから、時間のゆるすかぎり母親にできるだけおおくの言葉をのこしていくべきだとおもった。

渡辺ほのかと彼女の母親は、雪面を通じて存在をたしかめあった。渡辺ほのかが雪に手形をのこし、彼女の母親も手袋を外して雪に手のひらを押しつけた。おたがいに姿は見えない。抱きしめることもできない。死んだはずの相手にむかって、つたえたい言葉を溶けかけの雪にならべた。雪が溶けたら、もう二度と言葉はとどかない。橋の上にのこされた雪に文字がならんだ。

「あの子が死んだのは、私のせいなんです」

その日の午前中に渡辺ほのかの母親が言っていた。

「私、いつも、わざとチョキを出してたんです。私の癖だとあの子はおもっていたみたいですが……。そのことを、あやまりたかったんです。あの子が死んだのは、だから、私のせいなんです。あの子は自分の意思で負けて、じゃんけんで勝つのも、負けるのも、あの子の自由にさせていたんです。あの子は自分の意思で負けて、買い物に行ってくれようとしたのです。そして死んだのです。私が殺したも同然なのです」

渡辺ほのかが死んで以来、彼女はひそかに自分を責めていたのかもしれない。そのことをずっと、詫《わ》びたかったのだろう。

僕は邪魔をしないよう、すこしはなれたところから母子のやりとりを見守った。すぐに消えてしまう雪面の文字を記録して保存するために携帯電話のカメラ機能で撮影する。橋の上には僕と渡辺ほのかの母親しかいなかった。でも三人目の雪をふむ音が聞こえていた。平行世界のおなじ場所に、たしかに少女が立っているのだ。

母親とのやりとりの最中、なにをおもったのか、スニーカーの靴跡が僕のところにちかづいてきた。そして彼女は問題の一文をのこしたのである。

としょかん　そこに

それだけ書くと彼女は母親のもとにもどっていった。結局それが僕と渡辺ほのかの最後のやりとりになった。どのような意図でそう書いたのか真意はわからない。

やがて時間経過とともに文字の形は崩壊して水になる。その最後の瞬間まで彼女たちはおたがいのつまさきのそばにいた。雪がなくなって日常の色をとりもどした文善寺町からは、もう渡辺ほのかのいる気配は消えていた。

ふたつの世界は完全に独立し、おそらくは永久にかさなることなどないのだろう。奇跡の数日間はそうして終わりをむかえたのである。

【物語を紡ぐ町】。文善寺町のキャッチコピーを印刷した紙が図書館の掲示板に貼られていた。はじめておとずれる図書館はいろいろと興味深い。DVDを視聴できるスペースをながめて、科学雑誌を立ち読みし、僕は本棚の間をあるいてみる。窓から入る光は明るい。日本の男性作家のコーナーで、【山里秀太《やまざとしゅうた》】という作家の本を発見して足をとめた。僕はその人の小説が好きだった。なぜかわからないけれど、その人の文章を読むと、子どものころのことをおもいだす。作家はまだ二十代で僕よりも年下のはずだ。著作のひとつを手に取ってながめてみる。ページをめくっていると、いつのまにかそばに図書館員らしき女性がいた。大量の本をかかえている。貸し出されていた本を棚にもどしに来たらしい。僕が邪魔で通れなかったようだ。

「あ、すみません」

頭をさげて道をあけようとする。

「いえ、それより……」

その人は僕の持っている本に目をとめた。

「それを書いたの、この町の人なんですよ」

ほこらしそうな顔で彼女は言った。

「え、そうなんですか!?」

「どこかですれちがってるかもしれませんね」

「今も住んでるんですか?」

「そうですよ」

「じゃあこの図書館にもよく来るんじゃないですか?」

「……ああ、それは、ないかもですね」

「どうして?」

「つまり、その、身内がここで、はたらいてるから……。ここに来るのが、はずかしいんでしょうね……」

彼女はそう言うと胸の名札を隠すように本をかかえなおす。そのとき別の女性図書館員がやってくる。長い髪を後ろでむすんだ活発そうな人である。胸に【シマナカ】という名札をつけていた。

「あの、先輩、『銃・鉄・病原菌』っていう本をさがしてる人がいるんですけど、パソコンで検索しても出てこないんです。それらしい本、しってます？」

「それたぶん、『銃・病原菌・鉄』のことじゃないかな。海外のノンフィクションの棚。たしか一番上の段の左端に上下巻あった気がする」

「なんと！　どうりで検索にひっかからないわけだ！　ありがとうございます、潮音先輩！」

そう言って彼女は足早にどこかへ立ち去った。

潮音先輩と呼ばれた図書館員と僕だけがその場にのこされる。

「潮音さん？」

僕はおもわず口にしてしまった。

「はい？」

「……いえ」

僕はおかしくなって、笑みがこぼれるのを、おさえきれなかった。

別の世界で生きている少女にむかって僕はひそかに感謝する。

「あの、どうかされました？」

彼女は首をかしげる。子どもが問いかけるように無防備な表情だ。もちろん僕たちの間でなにかがおこったのは平行世界のことであり、この文善寺町でもおなじようになにかがおこるという保証はない。他人同士。僕は彼女のことをなにもしらない。でも、これがなにかのはじまりではないと、だれが言い切れるだろう。僕たちは懐中電灯を持たされない状態で夜道をあるかされているようなものだけど、これくらいのズルは、神様も見逃してくれるのではないか。

＊＊＊

私にとって見なれない制服を着た生徒たちが高校の校舎を行き交っていた。冬休みが明けて三学期の初日である。保護者としてつきそってくれた祖父は、職員室で担任の先生に私をあずけて心配そうにしながら家へもどった。先生とむかいあってすわり、すこしだけ雑談をする。朝のホームルームの時間がちかづくと、ついに立ち上がり、教室にむかってあるきはじめた。心臓の鼓動が次第にはやくなっていく。はじめての教室に入って好奇の視線をあびながら自己紹介しなくてはいけない。三学期にもなれば教室内の人間関係なんてすっかり完成しているだろう。そこに突然入ってきた自分のような者を受け入れてくれるのだろうか。足がおもたくなり、その場に立ち止まってしまいそうになる。新調したばかりの上靴をはいていた。靴裏のゴムはまだあたらしくて、廊下の表面とこすれあい、音を出す。

きゅっ……。

きゅっ……。

きゅっ……。

雪の上をあるいたときの音にすこしだけ似ていた。

雪面に書かれた母の言葉をおもいだす。

げんきでね

別の【現在】で母はあるいている。一月三日、そこに到着したとき、橋のむこうがわからやってきた母の靴跡を私は見た。橋の反対側からやってきた私の靴跡も母は見たはずだ。私たちはそれぞれの岸から駆けよって橋の中央でたちどまった。つたえたい言葉がたくさんあった。急《せ》くような気持ちで一文字ずつ固い雪に書いた。私たちはおたがいに負い目を感じていたらしい。おたがいに自分を責めていたらしい。それをたしかめあって、ゆるしあった。私たちはそれぞれの世界で生きている。あるいているのだ。私は足を、一歩ずつ、確実に、前へふみだした。

きゅっ……。

きゅっ……。

きゅっ……。

もう、だいじょうぶだ。

教室に入る直前、ちらりと近藤さんのことが頭をかすめる。彼はちゃんと図書館へ行っただろうか？　橋の上でポケットに入れておいたカメラを取り出そうとしたときのことだ。母とのやりとりをいつまでも保存するためにカメラをつかおうとしたのである。するとカメラにひっかかっておりたたんだ紙切れがポケットから飛びだしてころがった。バス停でもらった【図書館だより】である。ちょうど上をむいた面に【島中ちより】という名前が表示されていた。おすすめの一冊を図書館員が紹介するエッセイの作者の欄に彼女の名前があったのだ。【島中ちより】。潮音という女性に年賀状を送ったおなじ職場の人である。ということは潮音さんも、もしかしたら図書館員なのではないか。もちろん【図書館だより】にエッセイを書いている【島中ちより】と、年賀状を送った人物とが同姓同名の別人であるという可能性もあるけれど。

先生が扉を開けて教室に入る。私も導かれて、大勢の視線をあびながら、みんなの前にすすみ出た。

空を見上げて、雪が降らないかなとかんがえる。

かなしいことがあったとき、机にほおづえをついて、特にそうおもう。

早朝、目がさめて窓を開けるとき、外が真っ白になっていることを期待する。

白い結晶が、地表に降り積もって、そのなかに走り出て行く自分の姿を想像する。

でも、たとえ雪が積もったとしても、あの数日間のようにはならないだろう。

けれど天気予報で降雪の可能性が報じられるたびに、私はあわい望みを抱く。

文善寺町はそもそも積雪するほどに雪のおおい地域ではないらしい。

あの数日間は特別にめずらしいことだったのだ。

やがてあたたかくなって、雪の季節ではなくなった。

ある雨上がりの夕方の出来事だ。私は友人と教室で話しこんでいた。先生に見つかって「もう帰りなさい」と言われ、「はーい！」と声をそろえて返事をした。学校を出たところで帰る方向の異なる友人とわかれる。朝から空をおおっていた雨雲はすっかり晴れていた。

土手に沿ってあるいていると、西の方角から猛烈に赤い夕日が差した。ところどころに水たまりのある道を自転車通学の生徒たちが追い越していく。水たまりも空とおなじ色をうつしていた。二人乗りした自転車や、集団で走っている自転車が、水たまりをふむと、水面がゆれて夕焼けの光が乱反射する。

その日、私は公園の前で足を止めた。アスファルトにのこっていた靴跡のせいである。その人物は、うっかり水たまりをふんでしまったらしい。乾いたアスファルトに点々と靴跡がのこっていた。それは見覚えのある縞模様で、私の胸になつかしさがふくれあがった。

靴跡は公園に入って遊具の間をまっすぐにすすんでいる。靴裏の水気がなくなって、途中でかすれて消えているが、その先のベンチにむかっているのはまちがいない。私は公園に入り、中央付近に設置してあるベンチへちかづいた。そこに男の人がすわっている。彼は携帯電話をいじっていた。薬指に指輪がはまっている。すこし手前で立ち止まって、その人をじっと見つめた。視線を感じたのか、彼は顔をあげる。

「ん?」

「あ、どうも」

私は頭をさげてあいさつする。

「はあ、どうも……」

困惑するように彼も頭をさげる。遊具であそぶ子どもたちのにぎやかな声が、夕焼け空の下にひびいていた。胸がぎゅっとしめつけられるような、そんな夕日だった。あれからアパートの前に行ったことはあるけれど部屋を訪ねるようなことはしなかった。そんなことはするべきではないとおもっていた。長い沈黙のあと、私は口を開く。

「では、また、いつの日か……」

くるりとまわれ右をして公園の出口にむかってあるきはじめる。

「あの、どこかで、会ったこと、あったっけ……？」

背中のほうから声をかけられた。立ち止まり目を閉じて、一度、深呼吸する。おかしいような、泣きたいような、そういう気持ちになる。ふりかえって返事をする。

「いいえ……。だけど、この町にいれば、いつか会えるとおもってました」

彼はさらに、なにかを聞きたそうにしている。

でも結局は、うなずいただけだった。

「うん、そうか。よくわからないけど」

「はい、そうです」

ジャングルジムや滑り台が夕日に照らされ、複雑な影を地面に長くのばしていた。子どもたちのちいさな影が、くるくるとおどるようにうごいている。妖精たちが手をつないで輪っかになり、はしゃいでいるかのようだった。その光景を見て、私の頭のなかに、彼の書いた一文がよみがえる。

「人生はただあるき回る影法師」

おもわずそう口にしてみたら、彼がおどろいたような顔をする。

「そんなの、よくしってるね」

「友人が引用した言葉なんです」

「きみの友人って、ろくな奴《やつ》じゃないかもね」

「どうしてです?」

「会話にシェイクスピアの引用をするなんて鼻持ちならな……。あ、ごめん……、きみの友人にむかって……」

私は首を横にふる。その引用をしたのは、ずばりあなたです、と指を突きつけたくなるのをぐっとこらえた。わらいをかみしめながら、もう一度、頭をさげる。公園の出口にむかって、私はあるきだした。夕焼けにおどる、ちいさな影法師たちのなかをくぐりぬけて。

あとがき、あるいは『箱庭図書館』ができるまで

この本に収録されている作品は、集英社のWEB文芸「RENZABURO」の企画「オツイチ小説再生工場」からうまれました。読者の方にボツ原稿をおくってもらって、それを僕が自由にリメイクさせてもらうという企画でした。僕は小説のアイデアがなかなかおもいつかない人間なのです。だからアイデアを読者に募ってみましょう、そうしたら仕事します、小説書けます、という話を編集者にしたところ、このような企画がスタートしたというわけです。なにか小説の核となるものがひとつでもあれば、それを足がかりに物語はひろげられるものなんです。

「小説家のつくり方」

黄兎さんの「蝶《ちょう》と街灯」という作品をリメイクしました。投稿作は、あとがきの文面なのか回想なのかがわかりづらくて、ちょっと混乱しているようなところがありました。

普通の文学賞だと一次選考で落とされるかもしれないですね。でも、シーンとシーンのあいだの隙間《すきま》がおおく、手を入れやすそうな「未完成さ」にかえって惹《ひ》かれました。

原作のなかで修正したかった部分は、主人公がまじめでよい子な印象のところです。よい子すぎてウソくさく感じてしまったんです。だからそれを裏切ってみたらおもしろいんじゃないかとおもいました。また、企画の一作目だったので、小説についての話、物語を書きはじめる動機の物語がいいんじゃないかとも考えました。ボツ原稿を送ってもらう、という企画の性質上、投稿者の大半が作家志望者なのではとかんがえていたんです。それなら、こういう題名で、こういう内容だったら、素通りせずに注目してもらえるんじゃないかという期待がありました。

そういえば、僕がリメイクしたバージョンは、主人公の姉である潮音《しおね》さんが目立ってましたね。これを書いてたときは、まさか潮音さんのキャラクターがこの企画にとって重要な存在になるとはおもってもいませんでした。

自分にも秀太《しゅうた》のように、同級生を見返したいという気持ちがあります。まさにそういう感情をバネにしてがんばってきたんですよ！　そういう自分の負の面を、もっと正直に書けるようになりたいもんです。


「コンビニ日和《びより》！」

リメイク対象になった泰《やすし》さんの「コンビニ日和！」という作品は、お笑いのコントや舞台を見ているようで楽しかったです。先輩と島中さんのキャラが立っていたので、この二人を書きたくてこの作品をえらびました。キャラクターはこれでいいとして、じゃあ物語部分はどうしようか、と悩みました。何でもいいからオチをつけようと考えた結果、あのようになりました。無理がありすぎですかね。もうしわけないです。あとでネットで検索したのですが、実際に似たような事件があったらしいですね。現実みがすこしは増すんじゃないかとおもって、その事件のことも作品内に引用してみました。でもあのオチはつけたしのようなもので、いちばんむずかしい部分である、世界観や登場人物や二人のかけ合いの面白さは投稿作ですでに準備されていました。うまい棒も原作にくりかえし登場するアイテムなんです。

そういえば、僕は店長を悪人にして読者の倫理観とのすりあわせをこころみました。こういうことを考えられるのは年の功かもしれないです。善人の店長がひどい目にあわせられたのだとしたら、ちょっと主人公二人が嫌な奴《やつ》に見えちゃうじゃないですか。もやっとした感情で物語がおわってしまうような気がしたんです。シリアスな話だったら、それもアリなのかもしれないけど、今回はそういうのじゃないので、後味に苦みがのこらないように配慮しました。どこまで効果があるかはわからんけど。

「青春絶縁体」

イナミツさんの「青春絶縁体」という作品には、書き手の情熱を感じました。キャラや自意識の感じが、自分の胸にひびいてきたんです。先輩も自分と同じようにイタい人種というのがよかったです。作品を読んでいて、「うわー、イタいなあー!」とおもえるのってすごいとおもうんですよ。主人公と先輩のやりとりもいい。僕は毒舌なかけ合いを読むのが好きなんですが、ボキャブラリーが貧困なので、あんまり書けないんですよね。

投稿作では、雨季子《うきこ》先輩と鈴木さんという二人の女性がそれぞれ細切れに出てきていて印象が散漫になっていたので、それぞれのエピソードをブロックにしてまとめました。人物ごとにエピソードをまとめる、という方向性で作品を修正していったんです。「少年がガッツンガッツン犯されまくる」というような台詞《せりふ》が登場するんですけど、僕が書いたわけじゃないですよ。原作にあった言葉をできるだけのこしたんです。そういえば、クライマックスをどうするかまよって、原作をそのまま作中作として使用するというのをやってみました。どうなんですかね。書いてるほうはたのしかったし、この企画ならではの演出だし、原作をコピーペーストするだけで文字数もかせげたからありがたかったのですが、この企画のことをなんもしらない人が読んだらいきなりのことで面食らうかもしれんですね。

「ワンダーランド」

岡谷さんの「鍵《かぎ》」という作品が原作です。鍵をひろって、その鍵穴をさがすというアイデアには、冒険心をくすぐられます。後半で夢か現実かわからなくなる感じもおもしろかったです。リメイクするさいに、殺人事件に関する部分をどうするかで迷いました。主人公が殺人事件に遭遇するのが都合よく見られちゃうんじゃないかって心配したんです。いっそのこと鍵にまつわる冒険のみを抽出して、殺人事件は出さず、『スタンド・バイ・ミー』みたいな作品にすることもかんがえました。でも、できるだけ原作の展開をのこしたくて、リメイク作のようになりました。殺人事件との遭遇が都合よくおもわれないように、早い段階から犯人の存在を登場させるように修正したんです。

この本に収録されている作品のなかで、この話は異色作かもしれないですね。殺人事件とか登場しますからね。しかし、「コンビニ日和!」で倫理観がどうのこうのと書いたくせに、この話ではかんたんに人が殺されていますね。なんかもうしわけないですね。全然、関係ない話なんですが、これまでに自分が作品内で殺してしまった登場人物たちの、あの世での対談集なんかがあったらおもしろいかもですね。だれかそういうの書いてくれませんかね。

殺人犯が「きみ」にむかって語りかけるようにして、「きみ」の存在がオチにつながるようにしたかったんですが、このオチもやっぱり、無理がありすぎかもしれないですね。無理があるとわかっていても、つい、やっちゃうんですよ。まあともかく、鍵穴をさがすというのは、それだけで物語ですよね。

「王国の旗」

怜人さんの「王国の旗」は、冒頭のつかみがいいんです。でもこれ、リメイク作業の段階でいちばん悩んだ作品です。方向性をどうしようかと。たとえば、最初に出てくる車の運転手の正体について読者は気になるんじゃないか、じゃあ正体は主人公の恋人だったことにできないかな、などとミステリ風味の方向性でリメイクすることもかんがえました。大量のメモ書きをして、実際に書きはじめる直前までいったんです。でも、そうはしませんでした。

投稿作にはおとぎ話的な雰囲気があって、政治団体やら宗教団体といったものを連想させる部分があって、独特の世界観があったんです。それが好きで採用したんですが、ミステリ風味の展開にすると、それが壊れてしまいそうな気がしたんです。ミステリって、不思議な出来事が、論理的に解決して、はっきりしていく構造になってるじゃないですか。でも、この作品の場合、夢は夢のまま保存しておくのがいいとおもったんです。というわけでこの本に収録されているような着地点にしてみました。最初に投稿作を読んだとき、これは「ミツ＝夢」と「橘《たちばな》敦也《あつや》＝現実」と主人公の三角関係の話だと思ったんです。かんがえすぎですかね。でも、そういった構造を壊さないように気をつけて執筆しましたよ。

結果的に、これまで自分があまり書かなかったタイプの作品になったとおもいます。普段の僕は話をミステリっぽくしがち、オチをつけがちで、そういうところをどうにかするべきだと、常日頃からなやんでいたんです。だから、この作品を書けて、すこし成長できたような気がします。

主人公の女の子にしても、登場した段階でいきなり恋人がいる主人公なんて僕の作品にはあんまり出てこないんじゃないですかね。自分は別名義でラブコメの小説も書いているんですが、それに出てくる主人公なんてみんな異性におびえてますよ。

「ホワイト・ステップ」

たなつさんの原作「積雪メッセージ」は、企画の第二回目くらいのときにとどいていた原稿だったんです。でもそのときは、採用しませんでした。自分が過去に書いた作品にちょっとだけ雰囲気が似ているような気がして、いかにも自分が書きそうな設定だからこそ、リメイクへの欲求が最初はなかったんです。雪面でのことばのやりとりだけで、どうやっておもしろくすればいいのか、わからなかったし。

ただ、このアイデアは非常に秀逸だとおもいます。企画の最終回で、紆余曲折《うよきょくせつ》あり、過去の全投稿作も候補に入れることにしたんです。単純にアイデアの秀逸さのみを考慮したとき、この作品を無視できなくて、採用することにしました。リメイク作はネットでは公開せず書き下ろしで、これは一冊の最後の話にもなるので、よくばっていろいろもり込みましたよ。

雪面での台詞のやりとりだけで物語を展開させる自信がなかったので、足跡がのこるようにして、登場人物が歩いたり追いかけたりするようにして、動きを出すようにしました。となると、それぞれ別の町を歩いていると不都合なので、ああいう設定になりました。それに、なんとなく、文善寺町というひとつの町を意識させたかったんです。この短編集の舞台になった町を、最後の書き下ろしでテーマに持ってきたかったというか。

そういえば、よくミステリで、雪面にのこった靴跡をつかって推理するじゃないですか。ああいうのを、いつかやってみたかったので、書いててたのしかったです。

ちなみに書籍化にあたってのタイトルも、Twitter 上で募集しました。素敵なタイトルをかんがえてくださったのは、ゆーまさんという方です。ありがとうございました。執筆中は、本当にひとつの町、ひとつの箱庭をつくっているようなきもちになりましたよ。だから、ぴったりのタイトルです。この企画に応募してくださったすべての方に、お礼を言いたいです。ありがとうございました！

２０１１年　某月某日　　　著者・乙一

解説

友井 羊

重度の乙一ファンである僕がこの本の解説を書いているなんて、昔の自分に話してもきっと信じてもらえないだろう。

乙一氏と初めて会ったのは、サイン会に客として参加したときのことだ。僕は憧れの人に直接会える機会に舞い上がり、贈り物をしようと考えた。どうすれば喜んでもらえるか悩んだ結果『小説すばる』二〇〇〇年八月号に掲載された乙一氏のエッセイに登場し「ビデオは廃盤で残念」と書いてあった映画『ハードカバー 黒衣の使者』のビデオというマニアックな品を選んだ。

その選択は幸い印象に残ったらしく、日記本『小生物語』に「ハードカバー 黒衣の使者」のビデオをもらったと記載されている。大好きな作家の本に自分の痕跡が残っている！ という事実に小躍りするほど喜ぶくらいには、僕は乙一マニアである。

大学時代に『暗いところで待ち合わせ』を読んで以来、僕は乙一氏の作品にどっぷりはまっていた。何事にも要領の悪い僕は、登場人物たちの鬱屈した精神に共感し、不器用ながらも回復していく姿に救われていた。

暗い子供にありがちだが、僕は子供の頃からずっと物語を作りたいという気持ちを抱き続けていた。ただ、小説を書くという選択肢はなかった。小説創作という行為には特別な才能が必要だと考えていたためだ。

しかし乙一氏の日記をきっかけに、考えが徐々に変わっていった。

当時乙一氏がウェブ上で書いていた日記の二〇〇二年十二月二十二日から数日間に渡る記事で、『ハリウッド脚本術』について触れられたことがあった。「僕の本のほとんどはあの理論のおかげで成立してる」という言葉に、僕は衝撃を受けた。小説家が自らの創作術をつまびらかにするのは、現在でも珍しい行為だ。すぐに乙一氏が読んだという『ハリウッド脚本術』を元ネタにした別冊宝島の『シナリオ入門』を探した。

『シナリオ入門』は、物語を厳密に分析していた。登場人物にどんな設定を付与するべきか、どういった展開なら受け手を面白がらせるかの方法論を、様々な傑作を元に構築していたのだ。そのアプローチは理系的で、工科大学を卒業した乙一氏らしいといえる。ちなみに内容は『ミステリーの書き方』に乙一氏が寄稿した文章がわかりやすいだろう。

これ以降乙一氏は、インタビューで小説の技術面について繰り返し発言するようになる。

映画誌『cut』二〇〇四年三月号での「技術を研ぎ澄ませていけば、いいものができる」といった発言や、『群像』二〇〇五年九月号での佐藤友哉《さとうゆうや》氏、島本理生《しまもとりお》氏との鼎談《ていだん》における、物語の流れをグラフの曲線として捉《とら》えるといった表現に見られるように、乙一氏はシステマチックに執筆していく手法を明かしていった。

乙一氏の技術が視覚的にもわかりやすいのが『銃とチョコレート』だ。目次を参照すれば一目瞭然で、まず全体が起承転結に沿って全四章になっている。さらに各章までも綺麗に四等分させている。これは『ミステリーの書き方』で自ら説明した、全体を四等分するという方法を徹底的に再現した結果である。

驚きなのが、それぞれの起承転結がほぼ同じページ数で分割されている点だ。仮に全四百ページであれば各章がそれぞれ百ページに配分され、おのおのの章も二十五ページを四つ分で揃《そろ》えられているのだ。

僕は『シナリオ入門』以外にも、小説の書き方の本を何冊か読んだことがある。しかしその大半は「人生経験を豊富にしろ」や「センスを磨け」といった曖昧な感情論ばかり書かれていた。理解はできるのだが、そもそも豊かといえる人生を歩んでいたら、創作をしようなどとは考えない。

小説を書く方法は、勉強することで習得できる。乙一氏がその考えを示してくれたからこそ、僕は小説を書くようになった。

『箱庭図書館』の収録作品が生まれた「オツイチ小説再生工場」の企画が開始されたのは二〇〇八年だった。僕が作家になるため執筆と投稿を繰り返していた時期にあたる。応募された素人の小説を乙一氏がリメイクするというこの企画は、ネット上で発表されると同時に話題を呼んだ。ただ、賛否でいえば明らかに否が多かった。「素人のアイデアを利用するのか」とか「作家としてどうなんだ」といった意見が、ブログや大手掲示板に書き込まれた。

しかし僕は企画の概要を読んで、乙一氏らしいと思った。この企画なら、乙一氏の持つ小説技巧が最大限発揮されると考えたためだ。

乙一氏の作品の良さが語られるとき、『失はれる物語』に代表されるせつなさや、『GOTH』にある冷酷さといった言葉が使用される。事実、そういった要素が読者の心をつかみ、人気を不動のものにしている。一方でその影に隠れ、乙一氏が持つ職人的な技術について語られることは珍しい。

ではなぜ乙一氏は極めて理論的に物語を構築するのか？　その理由は、読者に面白いと思ってもらうためにほかならない。

注意してほしいのが、乙一氏は技術以外の要素も重視していることだ。先述の『ミステリーの書き方』では、才能という言葉を宗教的なものと捉え、必要不可欠であると語っている。科学的な理論と並んで、どちらが欠けても面白い作品は生まれないと書いているのだ。

創作者の胸には「伝えなければいけない」と訴えてくる何かが渦巻いている。だからこそ物語を紡ぐ。しかしそのまま表に出しても、ほとんどの場合は他人にうまく伝わらない。胸が詰まる哀しさも震え上がるような恐怖も、受け手が理解できなければ意味がない。

その気持ちを読者に伝える方法が、乙一氏の言及する技術なのだ。

集英社が運営するWEBサイト『RENZABURO』には、『箱庭図書館』収録作品の元作品が掲載されている。そこには応募者たちの熱がこめられている。例えば泰さんの「コンビニ日和!」はキャラ同士のかけあいが、「ワンダーランド」の元になった岡谷さんの「鍵」なら拾った鍵を手に歩き回るというアイデアがとても魅力的だ。しかしどの作品も技術面が未熟であることは否めない。

乙一氏はその卓越した技術を用い、元作品の魅力を活かすようにリメイクを進めた。結果、応募者たちの熱はほぼそのままの状態で、完成度の高い作品に昇華されている。個人的には「青春絶縁体」が、乙一氏が基礎部分を整えることで、イナミツさんの作品の持つどろどろとした情念が読者に効果的に伝わるようになった最大の成功例だと考えている。

実を言うと、僕も「オツイチ小説再生工場」に応募しようか悩んだ。考えたネタを乙一氏が料理するとどうなるのか興味があったのだ。

しかしいかにファンとはいえ、自分の作品が他人の手で面白くなるのは悔しかった。リメイクによって完成度が上がることはつまり、応募者たちも技術を習得すれば作品を面白く出来たことを意味する。

乙一氏はリメイク作品を通じて作家志望者たちに「技術を学べば、作品はもっと面白くなる」と伝えようとしているのではないか。勘違いかもしれないが、僕はそう感じた。だからこそ自分の手で作品を面白くするために応募を取りやめた。

僕の作品も、乙一氏が紹介した技術を多く取り入れている。僕のデビュー作『僕はお父さんを訴えます』が全四章になっているのも、半分の位置に物語上の重要な転換点があるのも乙一氏の作品を参考にした結果だ。特に『暗いところで待ち合わせ』は、研究のため何度読み返したかわからない。

乙一氏がシナリオ理論を紹介しなければ、友井羊は作家として世に出ることはなかった。しかも友人を通じて乙一氏に引き合わせてもらい、その縁でデビュー作に帯を書いてもらうことになったときは本当に嬉しかった。そんな人間がこの本の解説を書いていることを感慨深く思う。

ただ本作が生まれた経緯から「『箱庭図書館』は乙一氏の小説ではないのでは?」と疑問に思うファンもいるだろう。実際、怜人さんの「王国の旗」のリメイク作品を「これまで自分があまり書かなかったタイプの作品」と言及しているように、今までの乙一氏とは雰囲気の異なる短編も生まれている。

しかしリメイクを進めることで、作品には乙一氏の作家性がはっきり表れている。技術はあくまで道具であり、その扱い方には個性が反映されるのだ。

乙一氏独自の色が最も濃く出ているのが、たなつさんの「積雪メッセージ」を元にした「ホワイト・ステップ」だ。設定を巧みにアレンジすることで、映画『きみにしか聞こえない』の原作である傑作「calling you」を彷彿《ほうふつ》とさせる叙情的な作品を生み出している。

小説全体を貫く箱庭というコンセプトも、実に乙一氏らしいといえる。箱庭を飾りつけるように隅々まで配慮をして世界を構築する乙一氏ならではの作風が『箱庭図書館』には息づいている。

長年研ぎ澄ませてきた技術と、それを扱うセンス。これらは本作でも健在だが、さらにそれらが投稿者たちの熱と化学反応を起こすことで、全く新しい乙一氏の作品まで生み出されている。乙一氏の多様な魅力を堪能《たんのう》できる本作を読めて、一人のファンとして心から幸せである。

最後に。乙一先生や担当編集者さん、「オツイチ小説再生工場」に応募した方々、書籍作成に関わった人たちに心からの感謝を申し上げます。マニアとしてこれ以上の喜びはありません。僕以上に乙一先生のファンで、作家志望でもある友人Kも悔しがっていることでしょう。本当にありがとうございました。

（ともい・ひつじ　作家）

本文デザイン　新上ヒロシ（ナルティス）
本文イラスト　中島梨絵

本書は、2011年3月、集英社より刊行されました。

初出
■
集英社WEB文芸「RENZABURO」

本書に収録された作品は、
「RENZABURO」の読者参加企画「オツイチ小説再生工場」で募集した
読者投稿作のなかから
著者が「リメイク対象」を選び、
それをリメイクしたものです。
リメイク対象となった読者投稿作は以下のとおりです。

「小説家のつくり方」 ■ 黄兎さん「蝶と街灯」

「コンビニ日和!」 ■ 泰さん「コンビニ日和!」

「青春絶縁体」 ■ イナミツさん「青春絶縁体」

「ワンダーランド」 ■ 岡谷さん「鍵」

「王国の旗」 ■ 怜人さん「王国の旗」

「ホワイト・ステップ」 ■ たなつさん「積雪メッセージ」

乙一の本

夏と花火と私の死体

九歳の夏休み、わたしは殺されてしまったのです……。少女の死体をめぐる、幼い兄妹の悪夢のような四日間。斬新な語り口でホラー界を驚愕させた、天才・乙一のデビュー作。

集英社文庫

乙一の本

天帝妖狐

行き倒れそうになっていた謎の男・夜木。彼は顔中に包帯を巻き、素顔を決して見せなかった。やがて、夜木を凶暴な事件が襲い……。「乙一恐るべし」と世にいわしめた第2作品集。

集英社文庫

乙一の本

暗黒童話

事故で記憶と左眼を失ってしまった「私」。移植によって提供された眼球が、やがてある映像を再生し始めて……。死者の眼球が呼び覚ます悪夢の記憶とは？　乙一初の長編ホラー小説。

集英社文庫

乙一の本

ZOO1

天才・乙一の傑作短編集。双子の姉妹なのになぜか姉のヨーコだけが母から虐待され……「カザリとヨーコ」など、映画化された5編をセレクト。漫画家・古屋兎丸氏との対談も収録。

ZOO2

目覚めたら血まみれだった資産家の悲喜劇……「血液を探せ！」。ハイジャックされた機内で安楽死の薬を買うべきか否か……「落ちる飛行機の中で」など。驚天動地、粒ぞろいの6編。

古屋×乙一×兎丸の本

少年少女漂流記

友達がいない、家も学校もおもしろくない……。少年少女たちは、現実から逃げるように妄想の世界を彷徨う。乙一と古屋兎丸、二人の天才が十代の微妙な心模様を描き出す夢の完全合作！

集英社文庫

箱庭図書館《はこにわとしょかん》

2013年11月25日 第1刷
2021年9月11日 第17刷

定価はカバーに表示してあります。

著　者　乙《おつ》　一《いち》

発行者　徳永　真

発行所　株式会社　集英社
東京都千代田区一ツ橋2-5-10　〒101-8050
電話　【編集部】03-3230-6095
【読者係】03-3230-6080
【販売部】03-3230-6393(書店専用)

印　刷　凸版印刷株式会社

製　本　凸版印刷株式会社

フォーマットデザイン　アリヤマデザインストア　マークデザイン　居山浩二

ISBN978-4-08-745131-3 C0193